待我山花插满头

铃子 著

武汉大学出版社
WUHAN UNIVERSITY PRESS

图书在版编目(CIP)数据

待我山花插满头 / 铃子著 . -- 武汉 ：武汉大学出版社,2025.4
(2025.7 重印). -- ISBN 978-7-307-24887-8

Ⅰ. I227
中国国家版本馆 CIP 数据核字第 2025KN9667 号

责任编辑:詹　蜜　　　　责任校对:汪欣怡　　　　版式设计:马　佳

出版发行：**武汉大学出版社**　　（430072　武昌　珞珈山）
（电子邮箱：cbs22@ whu.edu.cn　网址：www.wdp.com.cn）
印刷:湖北金港彩印有限公司
开本:720×1000　　1/16　　印张:23.75　　字数:362 千字　　插页:7
版次:2025 年 4 月第 1 版　　2025 年 7 月第 2 次印刷
ISBN 978-7-307-24887-8　　定价:58.00 元

走在诗意的光亮里

——铃子诗集《待我山花插满头》代序

邱华栋

　　这是铃子的第二本诗集了。

　　她的第一本诗集我读过。记得是在2023年10月，武汉大学87级、88级部分师生聚会时，铃子送了我一本她在当年4月由长江文艺出版社出版的诗集，名为《木槿花儿开》。那是一本饱含深情又清新唯美的诗集。我的本科老师、武汉大学文科资深教授於可训先生为这本书写了序言，对铃子的诗给予了很高的评价。

　　铃子早前就是一位儿童文学作家，在20世纪90年代，她出版有10余本儿童科幻小说，很受读者欢迎，她的巨幅照片曾挂在当时读者众多的光谷书城，也得过不少奖项。研究儿童文学的青年学者梅杰，曾在他的评论

《五代人，共同创造了湖北儿童文学创作的奔流》中，将铃子与董宏猷等并称为湖北省第三代儿童文学代表性作家。后因身体健康原因，铃子一下子停笔10余年，之后，再拿起笔来，就转为诗歌写作了。

《待我山花插满头》是铃子2023—2024年新写的诗。打开铃子这本诗集，一股清新脱俗纯净自然之风扑面而来。在如今这熙熙攘攘的世间，人们迷茫，寻觅，希望寻找一束生命的光亮。而铃子诗饱含对真善美的苦苦追寻，对大自然对人生的刻骨铭心的热爱，继而用她如冰如火、如光如剑、如泣如诉的深情之笔，将它赤裸裸地挥写无余。诗境那么真，那么善，那么美；诗心那么纯，那么净，那么柔肠百折。读来不禁让人怦然心动，潸然泪下。

据我所知，铃子出生在河南滑县一个叫作梁村的黄河边小乡村，5岁时，就随父母到了新疆哈密生产建设兵团，一直到19岁到武汉大学中文系读书。（读书前还在哈密警通连当过排长挎过手枪。）之后，一直在武汉大学出版社工作，从编辑、副编审做到编审直到退休。

铃子的诗情是与她的生活经历密切相关的。黄河、天山、珞珈山，是她生命中的圣山圣水。它们给了她生命，给了她取之不尽用之不竭的爱，给了她孤傲的魂、奔腾的爱和浪漫的诗情。对铃子而言，黄河是她恩深似海的母亲，天山是她可望而不可得的恋人，而珞珈山，是她此生此世永不分离的爱人。

在此意义上，铃子与稍晚出生的我的足迹所涉有所重合。我的祖籍也是河南，我也是在新疆出生和长大的。我也是珞珈山上的一位学子。铃子诗中对黄河，对天山，对珞珈山的深深热爱，我也感同身受。特别是，我在这里要说的是，玲子女士是我的师母，她的先生是我就读武汉大学本科时的老师，当时分管中文系的学生工作，和我们几乎天天打成一片。只是我们当时不知道师母是一位很好的诗人和作家。

在哈密，童年的铃子与父母生活在天山脚下的兵团养鸡场，生活环境如诗如画。屋后是白雪皑皑的天山，清冽的渠水，高高的白杨林，香飘十里的沙枣林。左葡萄园，右苹果园，前有哈密瓜地，人烟稀少。童年少年铃子的任务，就是爬到高高的树杈上，看老鹰、狐狸，看蓝天、白云。童年的环境自然成就了铃子孩童般的纯净，王子般孤傲的诗心。

因而，可以说，深沉又浪漫的珞珈山，更是为铃子的诗情画意奠定了深厚文化底蕴。

铃子酷爱旅行，走到哪里，诗就写到哪里。读万卷书，行万里路，追寻诗与远方，追寻真善美，这些年铃子一直在路上。所以，有诗人称"她是这个时代的'游吟诗人'，自我、自由、自在是她诗歌的标签和灵魂"。

铃子的诗题材大多是大自然的山山水水，以景寄情。诗境变幻奇诡，诗意表达更是多姿多彩。所谓"横看成岭侧成峰，远近高低各不同"，用来形容铃子的诗一点不为过。

火热与冷峻，沉静与狂野，孤傲与温柔，喜悦与哀伤，在铃子的诗里穿梭交融，此起彼伏。

铃子的诗是那么的深情——

爱赛里木湖，爱到想沉入湖底；送别所爱，哪怕你用背影遣万仞青峰阻拦，"我"也没有回去；地月之恋，相爱相离，"每年3.8厘米"

"……风吹折我的凝望，

我的远方在此抛锚

直到

雨凝成霜雪

飘落我的发梢

……"

诗中表达的爱，是那么热烈，那么深情，那么真纯而又柔肠百折。

铃子的诗那么浪漫——

在天山阿尤赛"挥鞭一喝，星月便落满山坡"，追逐天山李白的月亮：追过一个山坡又一个山坡，却追不到你一个回眸。

铃子的诗是那么生动有趣，充满了孩童般的纯真无邪——

珞珈山车站太妖媚了
你看那赶路人鲜花沾满了身
车门爬上来的花
不刷卡
只刷一车的惊讶。

写马路上屁颠屁颠横冲直撞的羊群，那么的妙趣横生，令人忍俊不禁。写少年追掏天鹅窝，却掏出一窝狐狸。写想阻止妈妈从梦里离去，就想借一根缝针，将黎明与星夜缝在一起，不让妈妈从夜与昼的缝隙离去。

铃子的诗想象奇诡，思域极广。过去未来，白昼暗夜，山峰海底，宇宙之外，思想的骏马任意奔腾。这应该是她之前从事科幻小说创作打下的基础了。

铃子的诗浪漫色彩是非常浓郁的。听说有这样一件趣事：在一次铃子参加的北京同学聚会上，著名文学评论家、平时很爱开玩笑的我的学长王必胜一脸严肃地对举杯欲饮的铃子说："铃子啊，你的诗我读了，但是我发现一个问题啊，那就是你涉嫌盗窃了啊！"

铃子顿时大惊，杯子差点惊到地上，急问道："啊呀，必胜，此话怎讲啊，俺的诗每一首、每一字句可都是俺老老实实原创的啊，这盗窃二字从何讲起？"王必胜依然严肃地说："我发现你盗走了庄周梦里的蝴蝶。"说完，粲然一笑补充道："你诗中很多蝴蝶意象，很浪漫！难道不是盗了庄子的蝶么？"

此刻，铃子才恍然大悟，王必胜的欲褒先贬的语言艺术，着实把铃子吓得不轻。本诗集中《谁盗走了庄周的蝴蝶》一诗，估计创意便来源于此。

铃子曾说，我从来不是为了写诗而写诗，而是实在忍不住了才写诗的。我有太多太多的爱要表达，有太多的追问要提出，有太多的情绪和思考要释放。

所以於可训老师一直认为铃子是"性情中人"。"我喜欢性情中人”，於老师说。

诗人王新才在一篇诗评中，称铃子诗的纯净“心藏半池荷花”。

有读者朋友，不仅自己读铃子的诗作，还推荐上初中、高中的孩子读，说读铃子的诗是一种高级的精神享受，可以净化灵魂。铃子对于人生，对于生命，对于生命中的爱与恨、真与假、善与恶、美与愁、苦与乐等诸多问题，有自己独特的理解与感悟，而这些理解与感悟，都悄然隐匿在她对世间自然之物的诗性表达中，不露痕迹。读她的诗，也需有颗敏感而善良的心，才能体悟到她诗句中的借物喻志或欲言又止。

我感觉，铃子的这本诗集，比较上一本《木槿花儿开》，无论在思想的深度和艺术的表现手法上，都更为纯熟自然，整体艺术水准上升到了一个新的维度。清纯如天山泉水，深情如大河奔腾，妩媚如珞珈狐仙，多趣如鹤楼幻影。她的诗里各色花香，诗里山高水长，诗里有人凝望，诗里九曲回肠。诗里刀光剑影，诗里满眼泪光……

我在此引用一个诗人的评论文字：

“通过作品，读者能够感受到她内心的纯净和善良，她对人类和世界的关怀与爱。她的诗歌深入人心，触动灵魂，让人们重新思考生活的本质和人与人之间的联系。

她的诗歌吟唱着真情实感，传递着深邃的情感，如同一股清泉，润泽着人们的心灵，唤起共鸣，带有一种纯粹和朴实，让人们感受到真实而深刻的情感。”

很欣慰，在当今时代，能读到这样一本纯粹的诗集。这本诗集，应该说是铃子赠给当代诗坛的一份厚礼。这些诗歌，将如一股清流，流淌在当今的诗河里。

铃子，不愧当今时代一个真正的纯粹的诗人。她行走在大地之上，走在迎面扑来的微风中，也走在自己所创造出来的诗意的光亮里。

邱华栋

2024年7月

（邱华栋，著名作家、诗人，全国政协常委，中国作家协会副主席、书记处书记）

目　录

第一辑
待我山花插满头

等你

明天，是你的初生日
我是该搜罗四季的繁花
还是挥披无边的星光迎接你啊
我的新新太阳无边明光！

守候在巴音布鲁克的山头吧
九曲十八湾弯弯的河里
让我一次拥吻九个太阳
让九番朝光轮耀寰宇
为此，我已折断后羿的箭矢

独库雪山之巅
我站在李白的明月下等你
当你乘着神车奔驰而来
三千丈诗情长鞭一甩
从此山河都响彻诗情画意

我在赛里木湖的蓝色里等你

在东海的浪涛里等你

在黄河壶口瀑布

南靖的土楼里，等你

为此，我愿站成泪滴

我在大地的每一片树叶

每一滴露珠，每一缕炊烟

每一声鸟鸣，每一阵清风里等你

等你滚动着无边无际的光明哦

等你携我横扫满地落花

跨过那条古老的河，向光而去

写于 2023 年 12 月，跨年的日子

让我猜猜你的样子

2月4日10点42分21秒
我在湖边等你
我的爱

你来时，会是什么样子
你会是一阵风么
我是岸边那朵摇曳的荻花啊
请将我席卷而去

天上那朵飘来的云是你么
我的爱！
我就是那一池碧水啊
你不必为我停留
你的影子
掠过了我碧波荡漾的心湖
足够我三生惊喜

你或是枝头那鸣唱的鸟儿
是否听见叶下草间的和声叽叽
那是我爱你到尘埃的歌啊
假如你听不见
我依然吟唱不息
让飘落的红叶永蔽我的欢愉

哦，我的爱
你不会是那支穿透亿万光年
飞驰而来的光影之箭吧
如果是
请疾速地穿越我
层层叠叠如痴如醉的喜悦与期盼
让我的欢乐在春天的疼痛中
舞蹈成一朵花儿

写于 2023 年 2 月 4 日，立春日

艳艳的辛夷花

你从我身边轻轻经过
我便喜悦成一树花朵
艳艳的胭脂红哦
是明媚着你的我

你从我脸颊轻轻滑过
一如海浪把星光摇落
纷纷坠舞的胭脂红哦
是羞涩着你的我

你是春风十里吐艳
你是春雨千滴浅酌
那朵红红的辛夷花哦
是饮醉了你的我

写于 2023 年 2 月 12 日

醉闻风铃

这是从哪里
传来了如此美妙的声音？
如梦，如幻，
似近，犹远？

是裊裊蓬莱的天籁，
还是杳杳尘烟的梵音？

是春风的轻吟浅唱么，
还是悬铃轻邀书窗？

哦！
春风滑过，风铃轻唱，
世上最美的相遇啊，
风儿与檐铃，
吻醒了谁人的花房？

写于 2023 年 2 月 19 日晨，醉闻风铃

我没有

你走的时候
似一叶孤舟
我多想化作一片汪洋
陪你在寰宇漂流
可是，我没有

你来的时候
似一座灿烂的花园
我多想蜕变成一只蝶儿
啜吟芬芳，一醉方休
可是，我没有

你的眼波溢满了滴落的涟漪
声音里浸透了蒙蒙细雨
你用背影生成万水千山啊
遣万仞青峰送我回去
可是，我没有回去

写于 2023 年 7 月 8 日

我不是山河大海

我不是山河大海
我只是一条小溪
在人迹罕至的林间低声的吟唱

假如你是一个过客
我为你歌唱　给你清凉
让歌声陪你走向远方

假如你旅途疲惫　口渴难当
请掬一捧我为你酝酿了 3000 年的水酒吧
让我陪你一起醉步踉跄

你醉眼迷离走在这一脉清纯的时刻
我轻轻欢唱在大地的眉间心上
你我便是这天地间最美的情郎

写于 2023 年 7 月 11 日

是谁盗走了庄周梦中的蝶

是谁盗走了庄周梦里的蝴蝶
庄周梦醒
不见了那只翩翩而飞的蝶

你笑着说
"我看见那只蝶儿在你的诗行飞舞
铁证如山啊
你就是那梦境的偷盗者"

哦哦
几千年的时光壁垒我怎能穿透
定是那蝶儿误入了我的诗界
让我醉卧花丛等一场梦吧
等那梦里飞来的美丽蝴蝶

既然来了就不走了吧
让我们攀着诗行去明月里集结
把嫦娥与吴刚都灌得酩酊大醉
然后再把月亮也灌倒卧街

再唤来茫茫的星辰大海
让它们都化成蝶儿飞向地星片刻不歇
从此天宇飘荡着桂花酒香
人间的梦里哦
都有一只醉酒的蝴蝶

写于 2023 年 7 月 11 日

让我离开你，每年3.8厘米

月：让我慢慢的离开你
每年　3.8 厘米

地：亲爱的
为什么
你给我多少美丽的忧伤
给我多少含泪的欢喜
你让我心中潮起潮落
让我的日子变幻迷离
你的清辉洒给我多少诗行
你的倩影悬挂了我多少相思

月：哦　我的蓝色的爱人啊
你是我永远的爱而不得
是我永恒的若即若离
当我用我一生所爱围绕着你时
你却为你所爱的白驹日夜奔驱

地：我抵抗不住光明的诱惑

也舍弃不了你的柔情蜜意

亲爱的美婵娟啊

我愿为了你　悄悄地　悄悄地

离开那热情似火的太阳

每年 1.5 厘米！

月：我的蓝色之恋啊

你是我一生的难分难舍

是我一世的情之所系

既然天宇塑就了你我的难近难远

那就让我们永远的彼此相离相守吧

让我们彼此成全

相守相离

每年，3.8 厘米！

写于 2023 年 7 月 16 日

注：宇宙在膨胀，地球每年离开太阳 1.5 厘米，月球每年离开地球 3.8 厘米。

我怎么可以停止爱你

我怎么可以停止爱你
正如地球怎么可以停止自转
我不想看到那一天
地球累了　停止了自我飞旋

那会是什么样的惨象啊
一座座楼房被连根拔起
一棵棵大树向东方飞去
一辆辆汽车翻滚着像去奔赴一场婚礼

我不想看见水在街道上乱舞
人如一颗颗被狂风席卷的沙砾
不想看见我的绝望裹挟着理智砸向黑暗
不想看见已经无处看见的你

哪怕你是湖岸的一株小草
哈密大海道的一片荒漠
我也要扑向这微不足道
如同地星自转一样
日夜不停的　旋转着蓝色的爱
去拥抱你

我的爱就是追光而行自我旋转的地星
一旦停止运行
就是一场惨不忍睹的灾难哦
就是一场天蓝色的毁尸灭迹
我怎么可以停止爱你!

写于 2023 年 7 月 13 日

若非

若非那只破茧的蝶儿
你永不知我的思念能有几重

若非那叠宣城的纸
你怎知我的心园丹青不渝墨淡墨浓

若非天河间那闪耀的星哦
你怎知我的心湖荡漾无论昏晨

若非清晨那草上的露珠
你怎知我的心雨是如此的轻柔与晶莹

哦！我的心之所系哦
让我继续编织那条七彩的云霓吧
复采一束海市的花儿
让我失寐的四季
与你在蜃楼相逢

写于 2023 年 7 月 26 日

注：此诗刊登于 2024 年 8 月上《知音》。

诗人的花园

（铁线莲、岩桐花、香龙血花、月季花、星星花、红叶、向日葵、多肉、毛地黄）

你把时光拉成一根铁线
那日子便喜悦成一朵莲

瞧，岩桐花的红唇并不贪婪
围裹上一圈雪色悄扮素颜
20 年凝眸绽成一树香龙血花
潜入深夜的芬芳哦
怎不是它吐露的香语醉言

你把四季撒落在月季花瓣
从此妩媚的日子瓣瓣蝉联
星星花手拉手舞成星辰大海
多情的一叶红唇心事难猜

向日葵把自己追慕成了太阳
一如太阳把自己遮掩成了星河
多肉花描摹着谁人的玲珑剔透
毛地黄替谁宣读着无解的语言

你的花园是美跋涉三千光年的孤傲
你的花园是真赤裸裸的酷炫
你的花园是你的笑而不语么
你的花园可是大地深藏着的一朵心禅

写于 2023 年 5 月 12 日，藏龙岛

夜

暮色沉沉

闭上眼

想把一切都拒之眼帘之外

然而

你却

穿过黑暗

星星一样闪烁着

向我走来

你的明眸海一样说着话

你的笑容领我去看那片海

偶尔回眸

你便碎了我垒筑一世的色彩

你点亮了秋夜的月光

星星一如你的眼睛在偷笑

直到夜隐去

你化一只蝶儿

在黎明的花露上

早朝

写于 2023 年 8 月 12 日

我愿 在此折戟沉沙

（七月，是我的出生月，也是母亲的受难月。父亲母亲都是在不同年代的
七月离开的我。另，今晚，有超级月亮。）

哇哇啼哭着
你们让我
跌落一堆黄沙
这是退潮的河之泪啊
我是黄河喜泪涟涟洗净的娃

从此
我的皮肤是黄河颜色
我的眼里时常闪着河光水华
父母涌向我的爱如黄河浪奔涛涌
如那天宇星河无涯

岁月巨兽吞噬了曾经的欢悦
我手执铮铮断剑
身披皑皑长发
环顾左右无路可退啊
我跪饮一湾黄河水
灌醉心中万千繁花

漫卷三千里黄沙我铺一条路
一直铺到星光明月下
正如当年你们用黄沙迎接了我
我今天
要在父母熠熠之星河里
折戟沉沙

写于 2023 年 7 月 3 日

思念是山峦

思念是山峦
莲花舟载不动摇落的芳香
只好
伴一池离愁在光阴中流浪

彼岸花把自己思念成了克莱因蓝
也难以
与彼岸的花叶两两相见

秋风中的木槿花依然耐看
却无法朝朝暮暮相随那流年

日月在山坡上写满错过的光影
一阵风又将秋枝上的愁绪摇乱

思念成船
思念成蓝
思念是一树的木槿花哦
思念是日月频频回眸的山峦

写于 2023 年 8 月 26 日

七夕弦歌

今晚月半圆
你是一张被思念拉弯的弓
我是一根被渴盼消瘦了的弦
你我的双向奔赴
便是今晚的月儿半圆

乌鹊搭成了半圆的桥
银河的泪花飞溅两岸
我俩相拥在这半圆里
让爱情之箭搭上弓弦
慢慢，拉满

让我俩渐圆到十五的夜吧
把这箭射向多憾的人间
让它把相爱的人儿串联在一起
消融其间的千山万水
再倾桂花美酒斟满十五的杯盏

假若乌鹊疲累渐渐散去
就让你我沐浴在这闪烁的星河吧
你的眉喜悦成弯弯的弓
我的唇欢乐成俏俏的弦
让我俩在这熠熠的时空里
等待，圆满

写于 2023 年七夕

歌与诗的翅膀

哪里飘来的仙音
拴住了天上白云的脚步
树上的鸟儿也羞愧得不敢歌唱
乡蹊旁的荷塘哦
瞬时间满池生香

你的歌是天宇选定的超尘梵音么
否则怎会空灵了我心禅的回响
你的歌是观音净瓶的圣水么
否则怎会涤荡了乡间小路上的百折柔肠

仙音袅袅飘向那个遥远的地方
美丽的姑娘于是挥鞭轻打着小羊
一枝溢香的荷花向你走来
你却把她戴在了我的发梢上

我的诗像只怯懦的小猫
躲在树上张望着那堆玉米金黄
我的诗像只羽翼未丰的鸟儿
天音之池瞬间出浴了它的翅膀

乡亲们来不及丢下碗筷
徜徉在这高山流水的韵律里
你的歌却携手了我的诗
化作一双树上的鸟儿
飞绕在家乡的屋檐上

写于 2023 年 8 月 10 日

岳麓山

你这风情万种的美男！
你日夜玉立于湘江之西
水波荡漾着你的眼眸流转
在期盼你前世的恋人么
她距离你是否有亿万光年

你这书香门第的美男！
你紧紧拥抱满院的朱草云门鹅黄
琅琅书声拨动着你的文脉千年
在告别离你远去的才子么
他说始终与你血脉相连

你这诗情画意的美男！
你筑横斜山径引来多少骚人墨客
一个诗人的停车坐爱
让古今浪漫的人儿醉卧山亭
爱山，爱水，爱枫，爱晚霞

你这痴情不渝的美男！

愿亿万光年走来你的所爱

愿你的书香永远不绝绵延

愿你的浪漫沉醉了岁月

愿你在闲来时　回看我一眼

写于 2023 年 8 月 5 日，岳麓山游览回汉后

炭河千古情深深

有一条流淌了三千年的河
它有个古老的名字叫炭河
炭河是一个步履蹒跚的老人
日夜守护着青铜的故事一樽又一樽

炭河老人从商周踱步到我的眼前
一件件青铜器具也徜徉在河边
老人给我讲了四羊方樽的凄美故事
说它的美酒已饮醉了古今——

在河之洲有对相爱的人儿
这便是年轻的武王与他的宁儿美人
纣王无道啊欲建鹿台设肉林酒池
欲用武王及童男的血祭铸四羊方樽

美丽的宁儿舍身扑入炼炉
替心爱的武王自焚铸樽
四羊环绕的酒杯啊熔成镇宫之宝
有谁知杯中盛满宁儿的一往情深

鹿台建成之日武王心涌情天恨海

手举方樽泣对纣王这无道的昏君

年轻的王眼里燃烧着复仇烈火

牧野一战，利剑长矛挑转了商周的年轮

武王携四羊方樽归回宁儿的故乡

沧桑的炭河老人哦

把凄美的故事斟满铜樽

日升月落花谢花开

四羊方樽国之瑰宝哦

一樽深情醉了三千年晨昏

……

在河之洲兮与君初识

为救情郎兮君赴火池

四方清明兮何处寻你

唯见方樽兮遗世独立……

写于 2023 年 7 月 31 日

初稿写于湖南宁乡黄柴镇炭河边

让我的狂野漫卷你的苍凉

（哈密，大海道。

地球上最像火星的地方。亿万年前曾是一片汪洋大海，岁月又将其轮回成无边的魔幻沙漠。

据说，吴承恩"八戒大战流沙河，木叉奉法收悟净"，其流沙河便是说的大海道。

由于大海道一望无际，满眼都是黄沙，风吹流沙如同沙的河流，所以西游记里把它称作流沙河。沙和尚在此被收服，并渡唐僧过河，从此师徒四人一起西天取经。

更有古丝绸之路的驼铃叮当，风卷流沙，鬼哭狼嚎般的魔幻之声，日碾月雕，奇形怪状的雅丹地貌……大海道无人区，探险者在此车掀狂沙，追梦者把惊叫颠簸到火星之上……）

大海道
我朝思暮念的远方
你一眸深情
便是一片汪洋
你一敞胸怀
便是一路的驼铃叮当
你一个不高兴
便把自己翻滚成流沙之河
你一个撒野
便把自己叠化成了火星的模样

大海道
人说你是目中无人的姑娘
今天，我生命之弓箭已然拉满
这箭矢
能否落尽你黄沙遮面的孤寂
我挤坐上羲和挥鞭的神驾
这狂野之轮
可否扬尘你无边的绝望

我的爱似火狐在旷野欢鸣
借天上的北斗闪烁光芒
雅丹的崖壁上雕刻着我千万遍回眸
你的脚旁生成了我的孤烟直上

大海道
你这美轮美奂的情郎
我的野性在此与你撒欢狂奔
跳进流沙河我洗浴出生命的渺小
攀上通天洞我抚摸了日影的悠长
喜乐已在你我的地平线上雀跃升起
我狂奔的喜悦哦
能否漫卷你一路的苍凉？

写于 2023 年 9 月 9 日，哈密大海道

注：2023 年 9 月 8 日，珞珈诗友一行三人开启了为期 14 天的新疆哈密、伊犁之旅。

不胜风力的我已摇摇晃晃

你的故事那么悲壮
你的站姿那么苍凉
你擎天柱地
你奔走呼号
狂风裹着黄沙是你迎接我的仪式
骏马席卷白云是你的开篇乐章

我一步一个景仰攀爬向你的冷傲
你一瞬一袭飞沙教我泪洒东疆
在你的巅峰我虚弱成一株小草
摇摇晃晃
我用脚步盖上被你征服的印章

在你的怀抱我怎敢久留
唯恐你的狂野将我吹散在洪荒
飞滑直下我怎敢再看你一眼
我要把你永久封存眼底
不开一扇窗

我倾听你沙底的万马悲鸣

拥抱你铺天盖地的疏狂

掬一捧沙泉水作海

放逐我的思念之舟

在你的身边摇摇晃晃

写于 2023 年 9 月 11 日，赴吐鲁番高速上

交河故城问

（交河故城，只允许在规定的路上走，不许靠近土墙一步。）

追风赶月八千里
是谁让我在这仄仄的土巷
遇见你

是否花妖的罗盘经
也被我寻差
遇见却不能靠近你
哪怕近在咫尺

风吹日晒你渴盼谁的到来
我一杯矿泉只能醉了自己
唉！我举起我的影子吧
让她
替我紧紧，紧紧拥抱等我千年的你

还能再等我两千年么
等我
"匹马西从天外归"
再来这九曲回还的土巷
扬鞭只与你共飞！

写于 2023 年 9 月 11 日，交河故城行后

我问卿

我问卿
是否前世约好
待我白发及腰
你我相遇荒郊？

我已站立千载
日碾风摧不倒
醉饮黄沙万千瓢
等你白发飘飘

君来绕我千转
君去衣袂飘飘
有情却似无情了
此去飞鸿渺渺

待我转身归来

白发一卷云霄

天苍苍兮野茫茫

伴卿傲立寒霄

桑田沧海回眸间

千载一人最好

写于 2023 年 9 月 12 日

（偶遇胡杨，连日奔波，无暇提笔，今晨得暇隙，匆匆涂鸦。）

把她还给你

王琪，你的歌
可可托海的牧羊人
早已唱醉了夜雨芭蕉
我心空泪雨也陪着你哭泣
你的心上人啊
她到底去了哪里

请你在可可托海等她吧
我这次
要直奔那拉提
我要让那里的草色变得金黄
那里的杏花酿不出她要的甜蜜
我将寻遍毡房外的驼铃声
让骆驼的脚步停止
我要将她从杏花林中牵出
告诉她，最爱她的人
其实是牧羊的你

我要手拉手牵她到可可托海
把你的爱
还给你
她一定会为你唱一支动人的歌
让相思的你一醉不起
她一定会在你的毡房外叮当驼铃
陪你翻越雪山穿越戈壁
而我
则会目送你俩的背影
逐渐远去

写于 2023 年 9 月 12 日，赴伊犁那拉提高速上

你到底去了哪里

美丽的姑娘啊
你这可可托海的心上人
你到底去了哪里

昨天
我们去马厩牵出汗血宝马
扬蹄飞驰
掠过金黄色的麦田
与天马一起浴过特克斯河
可是　没有找到你的影子

策马扬鞭
驰入夏塔冰川峡谷
你一定在这七彩的秋色里吧
你这与伊犁一样勾魂摄魄的女子！
我们把搜寻的目光系在冰川马上
踏破冰河找你
把声声呼唤托付凛冽西风
漫卷飞雪找你

把我们的爱泼洒于峡谷秋林
摇动七彩的光芒找你
可是，没有你的消息

今天，八卦城里没有你
走乡道穿山越岭
在蓝天下的恰甫其海
我们高喊：
我们来了　你在哪里
"你在哪里——"
群山与我们一起呼唤你

美丽的姑娘啊
我们来到库尔德宁
爬上天山阿尤赛1670
没有看见你
美女骑上骏马奔驰而来
我们知道，那一定不是你

我们的坦克300发了疯啊
摇摇晃晃蹚水过河
喘着粗气爬上山顶
他已教群山臣服

万籁俱寂

可是它却无力

教这寂静的群山之巅

走来衣袂飘飘的你

有人说

哪里有美景

哪里就一定有你

可是如美酒般醉人的伊犁

如星河坠落人间的伊犁

美丽的姑娘啊

你到底藏在它哪颗星星里？

写于 2023 年 9 月 16 日，伊犁

就让我做你的一只沉船

我的赛里木湖啊
初次遇见
我便彻底沦陷
你的惊世美丽
瞬间便击穿了我的生命之舟
于是我在你的汪洋里
沉了船

我的逻辑，文字，
我生命中砌好的城墙
瞬间崩塌成一堆
赤橙黄绿青蓝紫的彩石
随船沦落在你的泪滴里
泪光闪闪

遇见你从此我不再渴望
渴望还会有更美的遇见
不再祈盼
祈盼更美好的人间

你是早就承载了我
我这只世间独自漂泊的孤舟么
你一滴眼泪的海
便汪洋了我几世的情缘

就这样　就这样
让我慢慢沉沦在你的泪滴里吧
我的赛湖我的千年之恋！
不要救我
不要救生圈
就让我在你的眼眸里泪光里
做一叶沉船

写于 2023 年 9 月 13 日，赛里木湖

被你的蔚蓝感动

被你的蔚蓝感动了
见到你才明白
原来
纯洁到极致的东西
它就成了蔚蓝

难怪伊犁的夜
街道，灯光
墙壁，就连树木
都是一片蔚蓝的梦幻——伊犁蓝！

眼泪可以纯美成蔚蓝色的
正如你　赛里木湖
你让我在你的蔚蓝里沉沦了
让我的爱也成一片
你湖底的蔚蓝吧
不管你的风是否吹到过我
你的浪花是否拥吻过我
我心中的赛里木湖哦

我对你的爱
永远是一片蔚蓝
假如我的爱凝成一滴眼泪
那泪，一定也是与你同色的

眼眸可以纯美成蔚蓝色的
我的心会因了你浸染成蔚蓝
我的爱因了你幻色作蔚蓝
我的思念也与你同色
蔚蓝！
从此我的世界将摒弃五彩斑斓
我只想要一种颜色
就是赛里木湖的蔚蓝

补写于 2023 年 9 月 27 日

夏塔之秋（1）

夏塔峡谷
是用来装秋色的
满满的，荡漾着
溢出来的秋
顺着一条牛奶色的河
向远方去了

行走在夏塔谷底
我就成了一阵秋风
那一树树的金黄
都被我摇动了
树叶纷纷飘落
如同我的青春

你来吧　着一袭红衣
随着黄叶舞动
给夏塔之秋添一枝亮丽的树叶
在一片金黄中
飘摇你的非凡的红
然后你坐在树杈上
与夏塔聊聊秋天可以有几种颜色

马踏着秋叶与泥泞
向冰川跑去
然后又转头回来了
因为它要啜饮秋的滋味
比水更柔美

那座将军桥
你站上就成了一个将军
脚踏山河
身披冰雪
马儿在山坡待命
夏塔之秋在你身边流淌

我
夏塔的一阵秋风
要在这魔幻的冰川峡谷中
将这斑斓的秋
飞卷到夏塔冰川之顶，彩云之上

写于 2023 年 10 月 12 日晨

夏塔之秋 (2)

不喜欢用油画、调色板来说你
油画哪能与你相比
你是自然天成的啊
无须拙劣的人类来描述你
你摇摆着自己的姿色
让画家惊喜到目瞪口呆
干脆扔掉画笔和调色板
钻进你的色彩撒娇
并滚一身油彩回去

远处雪山是你远方的恋人么
他因你而融化成一条不敢太透明的河
河上淌满了你的影子
他托举着你的美奔向远方
向天空与大地宣示

我的笔也成了一根枯枝
我坐在这枯枝上
想搜罗天下最美的词挂上树梢
然而，所有的词语都尴尬退去
只有一个"美"字踟蹰不前

它说一个字怎能承担得起
于是她立马凋落入泥

我像一个修炼了一千年的痴者
面对你这妖冶的夏塔之秋哦
我目瞪口呆
烂醉如泥

写于 2023 年 10 月 12 日晨

麦垛说

麦垛说
你这见异思迁的人啊
能不能再为我停留几秒钟
不要这样见异思迁
这样行色匆匆

你说过要为我写一首诗
我高兴得把自己卷成了筒
他说要在我的天地间翻几个跟头
我急忙把他举上肩头
她说要推着我碾出一个传奇
我铺一地的圆
等待童话的诞生

可是你这见异思迁的人啊
一阵天马的嘶鸣
你们就思迁万里
向着那远方飞奔
留我独自凋落在这黄色里
口呆目瞪

嗨

你们这群见异思迁的人哦

就让我等你们尽兴归来吧

等你把诗种在我的田垄

等他翻着跟头围着我傻笑

等她推着我转出金黄色的童声

······

写于 2023 年 9 月 15 日，伊犁昭苏麦田

天山画廊随想

藏在天山深处
你可是一个待嫁的新娘?
那九曲十八弯的喀什河水哟
可是你百折的柔情
一汪清泉熠熠着太阳
是你向谁一瞥的情殇

此刻，我如同一个初恋的傻瓜
偷偷啜饮你每一瞬回眸
贪婪凝望你旖旎的彩裳
多想倒伏在你素衣飘飘的脚下
如同喀什河边的那株朽木
日夜倾听你雪般晶莹的歌唱

谁说我只是你生命中的过客
我的冰雪天山
我的蔚蓝色的喀什河哦
独库公路上飞奔着痴情的我
早已将你娶进我的心房!

伸手采一朵指尖的白云予你
插上你秋色迷离的发梢
俯身掬一捧冰雪予你
那是我无瑕的渴望
3700 米是我爱你的海拔高度
何须再丈量

不要躲开我万里追寻的眼神
我如诗如画的新娘
在我的世界不要匆匆退却
我一见倾心的姑娘

我是行走天涯的痴情浪子
我有一辆坦克为翅膀
哪怕你回抛我千山万壑
我也会追撵日月的轮回
把你拽回到我的心上

写于 2023 年 9 月 20 日，天山大峡谷

巴音布鲁克的太阳

听说
在你的臂弯里，你拥有九个太阳
美丽的巴音布鲁克啊
你是我朝思暮念的光芒

我们爬上独库
彩色的秋叶间我看见一束光
爬上雪山顶
少年手中托举出一个太阳
我手捧白雪
手心里又出现一个太阳
我坐在满坡的冰雪里
在雪地写下我的名字
哦哦
我的名字也散发着光芒

巴音布鲁克的开都河哦
九曲十八弯的柔肠
通天河里的太阳时隐时现
又有谁知
其实九曲十八弯的太阳啊

早就沿路洒满
与西行浪子们捉着迷藏

巴音布鲁克的太阳在通天河里
巴音布鲁克的太阳在雪山顶上
巴音布鲁克的太阳古怪精灵呢
巴音布鲁克的太阳已藏在了我的心上

追记于 2023 年 9 月 29 日中秋
（一个写月亮的日子，我在写太阳。）

大峡谷　采野果

谁把你抛入荒漠扬长而去
留下你独守亿万年的离愁
冷风将你的爱撕裂成悬崖
从此你的泪在谷底 600 里长流

你的思念燃烧成太阳般的红
你砂石堆成的孤傲哦
时常坍塌成漫坡的残秋
是等待我来梳遍你的苍凉么
或许我就是你前生的一次回眸

你看，那朵野花偷开在你的断崖
还有野果缀红，迎风摇摆
今时何时　绸缪荒台！
我的心瞬时柔化成一杯野果汁
倾杯一笑
你便是我浇灌出的一丛温柔

写于 2023 年 9 月 30 日，
离开安集海大峡谷 10 天后

一辆车　还是一只羊

那是一辆车
还是一只黑色的羊
飞驰在大峡谷的悬崖绝壁
那是几匹野马
还是一群浪子
把自己的影子投进河底?

看
他脚踩崖边的一块悬石
摄取你藏到深渊的岁月
瞧
她掬一捧冰雪水
撒向天空一串串的惊喜

是羊也好车也好
野马也是浪子也是
藏在深渊的热烈哦
已将你我涂染成了火的模样
那燃烧的崖壁上倚靠着
野马一样的故事

写于 2023 年 9 月 20 日，天山安集海大峡谷

中秋想那天山月

天山的夜里与你一见
你就成了我最深的思念

天山明月
那晚我多么想
就那样站在暗影重重的山间
万籁俱寂在你的世界里
一如我沉沦在对你的凝望里
不动　如山

你是我遥不可及的恋人
我的目光就是那片黑灰色的云
追你过一个山坡
又一个山坡
却追不到你一个回眸

你依然年轻得皎洁如玉
而月下的少年已步履蹒跚
少年的我曾抛给你许多的梦
母亲把西瓜切成小船
我的梦流浪在船头
小船流浪在你的明明暗暗间

写于 2023 年中秋

待我挥鞭一喝

我想
逃离这钢筋水泥的丛林
去做巩乃斯河边的那棵枯树
听歌，看云，迎风，卧雪
最后扑入河水私奔而去

逃离这名缰利索的围城
去做雪山坡上那只旱獭
晒太阳，看人，钻土里酣睡
整个旷山野岭
只有我　或者还有你

逃离这一成不变的死寂
去做独库上的四季
春花秋叶夏雨冬雪
我就是那摇曳的花飘飞的叶
与雨闲聊与雪摇摆嬉戏

还是爬上天山阿尤赛吧
白天放牧扬蹄嘶鸣的梦

夜晚骑上梦的骏马
穿越万重杉　踏浪无涯星河
待我挥鞭一声喝
星月就落满山坡

写于 2023 年 10 月 14 日，
车至长沙

还想遇见那拉提早上的河

还想遇见那条早上的河
千万里奔波只为一朝相遇
相遇成一个擦肩而过
你怡然远去
给我留下一首听不懂的歌曲
我瞬间融化成
白雪覆没的山坡

我在山坡雪地写下我的名字
只想告诉你
在此等你的，除了白云草原
还有一个傻傻的我

来年春暖花开我还会去找你
我会坐在你的身边
迎接你欢歌着奔我而来
轻吟着离我远去
我会捧一窝你唱给我的歌曲
一饮而尽
在你远行的背影后，醉卧

有些相遇是为了相守
而你我的一朝相逢
只能思念成一曲离别的歌
就让我守望着你雪般晶莹的路过吧
如那白发苍苍的雪山
守望着巩乃斯河

写于 2023 年 10 月 9 日，
思念那条河的晚上

天山明月来邀你

美丽的姑娘你可知
为了寻找你
我们三上独库
四下冰河

百里画廊河边的枯木说
曾见你在河边嬉戏
恰甫其海抛出白云的腰带
试图拴来美丽的你
那拉提飞来一只野蜂
说你已搬到了安集海大峡谷
可我们探身悬崖
问遍每一卷浪花
每一粒白色的羊儿
每一树红红的山果
它们都笑而不语

百里丹霞说出七彩的悄悄话：
你们继续前行
李白的明月会告诉你们消息

我们前行
路边一个个喜字挂满树梢
新房就在路边

我们隔窗相望
新娘不是你

天已漆黑
山影重重
明月出天山
我们走入茫茫暗夜
向明月问询哪里可以找到你

明月在云层时隐时现
抛出满天繁星闪烁的话语
其实那姑娘就在美丽的伊犁
她说无论谁找她她都不会露面
除非天山明月领来她心中的所爱
领来可可托海的牧羊人
领来情深似海的王琪

对不起了王琪！
爱她　请你爱上天山明月
爱她　请你爱上美丽的伊犁
爱她　请你抛下一切的羁绊
爱她　请你在月光下
留下你长途跋涉的痕迹

写于 2023 年 9 月 25 日，离疆的火车上

写给天山三游侠

携你惊世才华
伴我浪迹天涯
挥袖手摘唐时月
策马蹄卷汉时沙
猎猎九月八

独库踏雪云端
峡谷凌空摄画
赛湖一滴蓝色泪
夏塔秋叶逐落花
诗情满枝丫

携你旷世温柔
与我西域侠游
何须夜光葡萄酒
醉踏琼花作云浮
摇摆舞不休

飞轮碾渡星河
碎却万丈烦愁
一蓬飞雪任由之
与君但从侠客游
山花插满头

情之三叹

流星
在星光闪烁的银河
你最让我动情
当别的星星在夜空炫耀自己的亮光
而你却飞奔向我
我用生命的飞盘接住你
然后一起坠落红尘
留给天宇最深情的一道回眸

孤舟
在熙来攘往的人海
你最让我心疼
你孤独地漂泊在大海之上
只为寻找远方的那抹亮光
我化作一阵熏风
并点燃我的心灯
可这不是你要的光明

奇花
一切都有前生注定
我终究是一湾小溪流水
无缘生命的辉煌与浩大
只待那一刻光阴的偏爱
赐我那朵溪岸幽香的奇花

写于 2023 年 11 月 3 日，藏龙岛

伊犁的羊

伊犁羊来了！
成群结队
高速上，摇着肥胖的大尾巴
屁颠屁颠，漫步，堵路
如同雪山涌来的泥石流
目瞪口呆的大奔路虎坦克
被这汹涌的羊流挤扁了
瘫痪在路边，或路中央
两眼惨光哦哦哀嚎
嚎有什么用？我已听惯
请看我屁屁蹦出的
一串串羊粪蛋蛋

缓慢而汹涌地流淌
脚踩交规
斜视人类
肥臀摇摆
伸颈咩咩

羊粪蛋蛋馈赠给路虎
让它变成路猫
咩咩的声波围攻坦克300
让它瞬间断了链条
谁有我自在逍遥

你汹涌澎湃
你变幻多彩
你看
漫山遍野撒落的珍珠
是你在山坡吃草
一朵朵闲逸的白云飘来
是你吃饱要走了
你们就像
天上的星星
地上的野花
浪漫的傲慢的伊犁羊哟
你拿到了上天偏爱的令牌

在一群羊面前自惭形秽了
我突然就想蒙混入群
往高速撒羊粪蛋蛋

让路虎坦克瘫痪
在山坡上把自己变成珍珠
阳光下摇动肥臀耍酷
像山花一样遍地盛开
像白云一样走走路

写于 2024 年 1 月 8 日

072

伊犁的马

伊犁的马是用来驮太阳的

天色微明
它驮太阳在马背上升空
暮色将近
它迎太阳回大地栖息
在昭苏草原
只有这来自天庭的马儿
能与太阳的高度平行

"天马来兮从西极……"
何须汉武大帝御颁美誉
汗血马，早已在岁月的长河摇滚声名
锋棱瘦骨，马蹄风轻
口吐红雾，浴河奔腾
朱汗滴答，千里日行
谁说它享誉红尘
明明是天马行空

伊犁马是用来追逐星辰大海的
从弼马温的神马群降落
从李白的诗行挣脱
它展翼昭苏大地
等你

想追太阳你就骑上伊犁马吧
想浴星河你就骑上伊犁马吧
想阅伊人夕岸诗情画卷
你就来伊犁　纵马扬鞭吧
飞骥驮朝阳　也驮你

写于 2024 年 1 月

伊犁的河

伊犁的每一条河流
都挤满了日月星辰与万籁歌鸣
还有婴儿的吮吸声

乳汁滴答，乳液汩汩而下
万物成了断不了奶的孩子
特克斯河的乳汁
是来自夏塔雪峰——乳峰吧
日月一头扎入乳河沐浴
牛马羊野花放肆吮吸
母爱奔涌的特克斯河哦
尘封万年的故事在此都泄露了天机

清晨我遇见了巩乃斯河
河里漂流来刀郎的歌
我在河边为王琪寻找美丽的姑娘
无意却收获了狼戈的苹果香
苹果的香味顺流而下

在我脚下汇成一汪闲愁
我与闲愁聊了一会天
它掬一捧巩乃斯说是美酒
巩乃斯河奔涌着多情的歌
还有能醉了天下的美酒

喀什河是画家用来作画的
它变幻着七彩的颜色
画家御风而来
折枝作笔，蘸河为墨
画笔轻挥
百里画廊一展山水
河里流淌着巨幅长卷
自然天成
画展就在喀什河岸
你顺着河走啊走吧
能获得大自然名家的诸多签名

伊犁的河
怀抱日月星辰，
哺乳万物皆生
随岁月年轮滚滚

似时光时时年轻

想寻找爱你就到伊犁河边吧

想听歌你就来伊犁河边吧

想看惊世画展你就在伊犁河边徜徉吧

想一醉方休你就坐在伊犁河畔

掬一捧河水一饮而尽吧

写于 2024 年 1 月 7 日

伊犁的山

天山，你对伊犁河谷情有独钟么
你这躺卧新疆大地的素衣神女
足涉哈密，身躯向西
双臂伸张，怀拥着你偏爱的伊犁

你南挡塔克拉玛干沙漠的干旱
北阻刺骨的严寒
东遮炎炎酷热
西迎大西洋氤氲水气
呵护出一个百媚千娇的伊犁
惹得那叫乌孙的山脉
也躺你怀抱不肯离场

霜发云帐，
星月是你的环佩叮当
饮北斗一瓢深情
承乌焰无上明光
独库似玉带飘逸在你的腰间
云杉是霓裳缀耀你的神韵琳琅

你深情滋养着万物生机
你脉脉守望着河谷沃土一方

扬鞭策马唱着情歌而来的
可是你日思月念的情人？
登顶你 3700 米高度的少年
可领到了你颁发的爱的勋章？
有人在你的雪野刻下自己的名字
更有人在你的身旁歌舞欢唱
让爱你的人携岁月与你白首偕老吧
你是一座山脉哦
更是天地间不老的傲姿昂昂

写于 2024 年 1 月 8 日晨

五月的沙枣花

我的孤独挣扎在
荒无人烟的原野
我的渴盼沸腾如花

旷野的红柳摇摆着寂寞
我的童年也不在柳树杈
那枝丫已经断了

白云，流水，来亨鸡
狐狸，沙漠，沙枣花
唤我回家吃饭的妈妈

我把这些都弄丢了
我的目光茫然无措
童年和沙枣花都离开了树杈

每一滴思念都跌落成诗
我用诗句铺一条千回百转的路
路上，开满了5月的沙枣花

写于 2024 年 7 月 21 日

相信

这个世界熙攘着功利
天之本真已被挤扁在夹缝
只有功名利禄在搅动尘埃里的辉煌
幸亏有你的相信
给沸腾的欲望浇来一瓢清凉

你相信科学
相信未来美好
相信爱会融化渐冻起来的冰
相信自己是真与善的铺张

我相信你
相信你步履的真诚与坚定
相信你眼眸里闪烁的善良
相信你唇齿间吐露着纯美的莲花
相信春天来时
渐冻的冰雪会一点点融化

相信乌云背后看不见的亮
相信冬日梅香
相信凛冽地表下涌动的热
相信金生丽水，玉出昆冈
剑号巨阙，珠称夜光……

写于 2023 年 11 月 4 日晨

如一片飘落的秋叶

如一片飘落的秋叶
每天，我都在扬弃昨天的我自己
昨日的我悄然凋零
今天的我与红叶约好
在那个风起水漾的日子

我从太阳下走过
让钙质把我变成一棵大树
这样，摔一跤就不会骨碎如泥
我对着湖水观看我的笑容
是不是还有孩童般的天真
还有妈妈传教给我的善良
和妈妈倾倒给我的热爱——
对人生对天空与大地
湖水荡漾着
湖水里的我笑着
嗯嗯　还好　都在

我蹦跳着走在林荫小道
云朵飞来　光飞来
鸟儿飞来
天空的月亮小船也划来了
红叶轻拍我的肩头
一如我与昨天的自己

佛说好就是了
禅说本来无一物
何处惹尘埃
那么就让好继续的好
了随意的了
管它尘埃有或是无
我只需
坐在红叶漫天的光影里
拈花一笑

写于2023年11月8日，藏龙岛
（聊到人生苦短，有感而发）

请容我

月色如银繁星如海
请容我
闭上我的眼睛
映照我的
那一钩山涧明月它已不在

秋叶飘零秋歌绵长
请容我
堵塞我的双耳
迷醉我的
那首刀郎的歌它没有唱响

寒风瑟瑟雪雨飞扬
请容我
怀揣满山河的凛冽
掩埋我的
如银夜色里的褐衣红黄

写于 2023 年 11 月 10 日，冬日雨夜

终于我跋涉到雪山之巅

终于我跋涉到雪山之巅
坐等太白杯中升起的那轮明月
白日的光太过耀眼
于是我狠闭双目
把渴盼留给那只缓缓漂来的小船

船儿从熠熠星河顺流而下
酒香桂香瞬间把风儿醉翻
雪莲惊讶成朵朵的红
云儿为我披上霓裳
我与明月相视两不厌烦

洁白的月光滤掉万丈红尘
把无瑕的柔美洒在我的发间
月光解开千年望眼
放逐了诗意涌动的纷繁

太白的三千丈忧愁来了又去

东坡竹杖芒鞋

走过无风无雨也无晴的人寰

李贺依然骑着驴儿寻找奇诡的诗句

杜甫的茅屋一如往昔

王维的山鸟鸣难掩白居易的珠落玉盘

我在雪地写上我的名字

让它与清风明月为伴

然后挂一缕淡淡的思绪

在这白雪皑皑的山间独行

随意往返

待那沙枣花开的时候

我会跑下山去

采一枝浓郁的花香

埋在我的名字我的白雪旁

让它与月光拥吻成一汪诗域的香甜

写于 2023 年 11 月 10 日

向远方　向北方

戈壁的太阳从地平线升起
从雪山顶升起
从红柳摇曳的树梢升起
从牛羊的背上
牧羊人的吆喝声中
急急赶路的河流
我伸展的怀抱中升起

城里的太阳我看不见它何时升起
只见它从高楼的缝隙中挤过来
从玻璃幕墙上摔下来
我的爱奔向那挤来的光
想紧紧拥抱它
可是我撞了南墙
我展开双翅想托住那摔下的美丽
可是被玻璃划伤了翅膀

我收拾好行囊
挂起登山杖
寻找一条阳光雕刻的路
向远方，向北方
向能看见太阳升起的地方

夜晚来临
四方漆黑漆黑
只有多情的明月
挂在高高的天上

写于 2023 年 11 月 16 日晨

让我说声谢谢你

哈密的友人
请让我说声谢谢你

蒲公英你为何要引"狼"入室
我们如同三匹渴盼荒漠的狼
你如水的眼眸可扛得起？
青连西京赵兄真够意思
非要凑够七剑下天山
否则不坐不立
躺在沙山一赖不起
招勤你这曾经的学霸
学问学到了哪
别人请客吃饭请跳舞
你却请我们到大海道无人区
让风吹我沙打我无信号吓我
然后你看着灰头土脸的我们
乐出一片沙窝

还有王荣妥玉兰警通连的战友们
你们的笑你们的歌
总飘荡在我心里
母校的笑容
指导员的夜半瓜香
都已写入我的笔记
哈密李总自告奋勇千里走伊犁
走了伊犁又被迫返回去
苦笑过后，还只能一句
谢谢你

乌鲁木齐的友人谢谢你
宪华你这当年的小帅哥
当秋香已被唐寅点走
你便立马点来了妹妹春香
酒宴上的
维吾尔歌舞让我们醉眼迷离

伊犁永远是一个蓝色的迷
你给了我们那么多妙不可言
给我雪山给我草原
给我峡谷凛然西风烈
给我汗血宝马满坡牛羊

给我何止十八弯流水 100 匹骏马

给我百里画廊百里丹霞

给我天山明月李白的故地

给予我雪地旱獭巅峰云霓

给我爬上峰顶的豪情万丈

给我驰入深涧的笑声满溪

给我见过的没有见过

走过的没走过的诗情万里

……可是，我却没有见过你

只知道您是深圳的刘兄伊犁的徐兄

一个谢字怎能了得

那就三个字吧

谢谢你！

一路载我们狂奔的坦克车主聂兄

摇摇晃晃爬雪山

火眼金睛穿迷雾

夜闯独库悬崖

探底百丈深渊

让我们再说一回

谢谢你

写于 2023 年 9 月 24 日，自疆回汉的火车上

红星·母校

你将一颗红星别在我的胸前
在故乡哈密的晨雾里
那光芒穿透了天山的积雪
托起我，看黎明如何从东方醒来

从此我的心里住进了一颗太阳
你递给我一册无垠的海洋
页码间流淌着彩色的风
我泛舟其上，寻找征途的罗盘

老榆树的年轮里
钟声依旧在回荡
徐敏老师的声音
像春风拂过教室的窗棂
二小放牛的故事
在记忆里长成一片青草地

我种下的树苗
早已高过时光的围墙
在看不见的地方
撑起一片绿荫

操场上的童年
在阳光下奔跑
风帆鼓满了往事
驶向记忆的港湾

那幅巨大的图画里
繁花似锦，摇曳生香
红星依旧闪耀
照亮我归来的路

哈密红星学校
你是我生命中的光芒
在每一个清晨
唤醒我心中的太阳

注：铃子（本名宋玲玲），1960年进入哈密大营房的红星学校学习，就读一年级乙班，语文老师兼班主任为徐敏老师。在红星学校读到初中毕业，从一年级到六年级均任少先队大队长，至初中毕业，均任乙班班长。红星学校是铃子终生难忘的母校。

告诉我

告诉我
你是一片飘移的流云
我是一湾清透的湖水
我该如何拥吻你

我是湖岸摇曳的芦花
你是清晨吹来的风
我该如何留住你

暮色苍茫里的一株芭蕉
如何去呼唤飞来飞去的翠鸟
天空闪耀的星辰
如何去凝望亿万光年外的飘摇

前世如何掐指一算今生
一行诗如何抵御漫世雄风
一滴泪如何还得了一块顽石
一只蝶儿如何飞得出这酒酿的红尘

小径走来的总是十八相送
待月西厢再不见逾墙的张生
花间总有翩然而去的蝴蝶
未断之断桥哦
走来了不会递伞的书生
天空飘着钱塘临安东与北
转眸又笑谁人荷锄花冢

写于 2023 年 12 月 8 日晨

今日随想

一见钟情
缘于你美丽的别样
看那黑天鹅掠过芙蓉湖水面
凤凰树在蓝天下展翅飞翔
集美楼朗读着百年历史
"止于至善"悄立于路的尽头

嘉庚校主仍与学子们探讨着真知
路的两旁早已高木成行
绿荫下的书声拨动了芙蓉湖的琴弦
青春的涟漪在天蓝色的操场荡漾

你是东海之上一只翩跹的天鹅
还是海岛之上一只翻飞的凤凰
你是无边梦幻联动的城堡呢
还是集美千秋功业的一湾长廊？

写于 2023 年 12 月 12 日，厦大赏游后

顺着海岸线游走的天鹅

它想顺着海岸线游去
去遥远的那片海
看海上日出
看晚霞如火
看海浪千姿百态
看一汪柔情的眼波

来吧来吧
我就是那片大海
你只管顺着海岸线游来
我定给你红尘最绚烂的烟火
它游啊游啊
早上日出
傍晚日落
海浪打折了它的羽毛
一片汪洋里
只有这只傻傻的天鹅

为什么总是到不了那片海呢
它问天
"那是南海，你在东海"。
一个声音说
那离我有多远啊？
"也许不远，也许很远"
还是那个声音说

写于 2023 年 12 月 13 日于东海

（关于海岸线的联想）

可能是我

再见，美丽温柔的厦大
再见，温馨浪漫的鹭岛
你说，厦大是大海
他说，珞珈是江湖
哦哦，我们就是波澜壮阔的江河湖海

芙蓉湖里的黑天鹅可惜不是我
鼓浪屿海边的凤凰树不是我
南靖东倒西斜的土楼不是我
只有你面前舍不得离去的人
是我

与鲁迅雕像合影的是我
在集美长廊流连的是我
操场为你当了回守门员的是我
可是，树梢上飞来飞去的鸟儿
不是我

那棵古老的大榕树不是我
那湖水里荡漾的白云不是我
那缓慢悠闲的水车不是我
园博苑里的美丽异木棉不是我
驻足为你唱支歌的人
有可能是我

写于 2023 年 12 月 15 日，
即将离开厦大厦门时

题图

金黄色的月季初来湖岸
榴花的烈焰欲将暮春点燃
牡丹花是否还思念着伊洛故土
一树的金橘花哦
似浓还淡
青青的枇杷果
其实暗恋着夏日的风
忧伤的香菜花哦
却到了如雪的暮年

写于 2023 年 4 月 14 日，巡湖路上

你是……

你是一阵风么
本想吹开那朵娇艳的玫瑰
却发现一簇野蔷薇为你开放

你是一片飘飞的云么
本想去与水中的鱼儿玩耍
无意中清凉了那座久盼你的山冈

你是那一束深情么
不经意的一瞥
便催开了那满园丁香

你是那一池摇曳的繁华吧
哪怕一场微风细雨
也教你的枝叶上
挂满盈盈泪光

写于 2023 年 5 月 15 日

请不要告诉我

不要告诉我
那朵随水而去的落花
曾悄悄为我开过
开得那么美丽
那么凄凉那么落寞
——请不要告诉我

不要告诉我
多少秋叶为风凋零
多少春雨绵绵深情
多少月下泪眼婆娑
——请不要告诉我

已经错过的风请不要告诉我
已经飘过的云也不要告诉我
已经远行的爱哦
请不要告诉我

我有摇曳的芬芳
疼痛如朝露的泪
相视而笑的追逐
一池秋水的眼眸
如果你也有
请告诉我

写于 2023 年 6 月 10 日

躲迷藏

在与我躲迷藏么？
你这古怪精灵的小丫头
让我千里迢迢奔你而来
来了你只是诡秘的一笑
什么也不说

要我深入花丛去采那朵玫瑰
我采来了
用受了伤的手递给你
你这古怪精灵的小丫头哦
却嬉笑着一闪不见了

我独自坐在河边
你过来蒙住了我的眼睛
想让我猜猜你是谁
我说你走开！我不猜
你这古怪精灵的小丫头哦
今天我终于看见
看见你哭了

与爸爸下棋(童诗)

下象棋
我是爸爸手下丢盔弃甲的败将
哪怕他让我一车一马一炮
可爸爸的棋艺仍如凌厉的西风
席卷我的兵马将帅如一地残叶
遍野哀鸿

爸爸的车无须横冲直撞
马和炮走势诡秘
象士守将固若金汤
兵卒如同一个个大螃蟹
张牙舞爪朝我的地盘觊觎

其实爸爸根本无须费力
我正狼吞虎咽他那匹大意的马
老将却早已被他"错车"就地毙命
我正得意于一炮正中他无所不能的车
老将却已被围困得一动也不能动

多想与爸爸每天下一盘象棋
让我继续一败涂地
让爸爸依然西风凌厉
看时光白了我的头发
看爸爸一脸温和的笑意

可是西风吹走了我的爸爸
太阳每天的安慰也好没趣
若你能替我找回我的爸爸
我愿把大地盛开的祝福
世上动人的花朵
都采来　给你

写于 2023 年 6 月 18 日父亲节

我是沙漠的孩子(童诗)

我是沙漠的孩子
我想做一只蜥蜴
在滚烫的大沙漠爬呀爬呀
不用背沉重的书包
不用弹钢琴　不用练跳舞

白天
我会用我的爪子
在沙漠画出一个圆圆的太阳
旁边画个小船一样的月亮
我爬上小船
爬向太阳

夜晚
我爬上树枝
让绿绿的树叶遮住我的梦
我蜷缩在我的梦幻里
唱一支快乐的歌
给星星听

写于 2023 年 6 月 15 日

采一簇花

刨一个窝
种上一颗爱
用树叶遮住
用云彩盖住
让雨露浇灌它
看它会不会发芽

摘一片云
夹在书页里
每天枕着它入眠
看它会不会在某一个日子
带着我的梦
在蓝天飞翔

采一簇花
放在 365 个日子里
再翻开每一天每一天
会不会
每天的心情
都如鲜花灿烂

写于 2023 年 6 月 1 日

开花与死亡
(赞竹子开花)

他们说你与稻谷同类
却不知你怀揣万丈豪情
一夜之间你凌空而立
摇曳着你的亮节高风

他们笑你不会开花
却不知自己青蛙在井
你一生拼尽全力
你要开出花来酬谢春风

稚嫩的花苞
是你生命的结束语
一念花开
是你吐露给世间最后的深情

开了花，就死亡
有个声音提醒你
哪怕死亡，也要开花
你回应。

未出土时节已在

携风凌云向天擎

一朝力尽花开后

收枝敛叶谢苍穹

写于 2023 年 6 月 16 日

待我

不要催促我
待我将拭泪的纸巾
铁石铸成的念想
填满我的行囊

待我梳理好我的发鬓
对着镜子
把眉眼间涂满笑意

待我把这首绵绵的单曲
还有这首写了一半的诗
吟诵完毕

请让我
欢唱着　告别你

写于 2023 年 7 月 22 日

全都归于你

（2023年4月2日，故里寻根。家乡山水之祥和，家乡人之亲切，尤其家乡珞珈学子们的诗情画意之倾情唱和，不禁令我感慨万千，诗以记之。）

我在
三千七百六十一个
难眠之夜里
栽种出了3761行情绪
它们扑闪着3761双不安的翅膀
寻找一片温柔而祥和的土地

我3761回合的
思念、痛苦与爱
——与泪与笑
终于在这里
如同倦鸟归巢
一头扎进了魂牵梦绕的
怀抱

我是 3761 闪萍踪侠影
今天剑敛云梢
我是 3761 缕飘飘白发
今日
拨云问松径
拄仗寻古桥

你的眉目锁定了家乡山水
你的话语拨动了乡音乡情
你的笑容赠我故土的万千花开
你的杯酒浇助我醉意横生

你是我 3761 遍寻寻觅觅
是我 3761 回晨暮朝夕
3761 轮同声唱和哦
是我三生三世拟定的欢喜

今天，这 3761 行悲欢喜乐
全都因了你
全都归于你

写于 2023 年 4 月 2 日，
与珞珈在郑校友、家乡人聚会后

注：3761，指《木槿花儿开》的诗行

云台山的茱萸花

为了追寻前贤的足迹
我来到名山云台

斜倚茱萸奇木
心中的缺憾就此新栽
王维的千年悲叹哦
如何不是我心中的茱萸花开

竹林七贤隐入山林
如何隐得去飘逸的诗魂
131 米落差的飞瀑哦
可知我心湖跌宕的情怀

如山间云雾般有心无力
登不上你高高的茱萸峰顶
似林中幽幽的鸟鸣
求不到往昔手足的和声

云台山的茱萸花哦
你盛放着流年的悠悠诗句
我采摘着岁月的淡淡墨痕
待树上挂满红红的茱萸果
那一定是你赐我的最美天真

写于 2023 年 4 月 10 日，洛阳云台山观后

穆桂英的饮马坑

妈妈说
黄河岸边有个村叫梁村
那就是你出生的村
村东头有个水坑不大不小
那可是穆桂英当年的饮马坑
饮马坑就在咱家地头守望晨昏

北宋辽军南侵，直指宋都汴梁城
怀有身孕的穆桂英临危受命
领军抗辽大战白天祖
直杀的日月无光地覆天倾

穆帅忽然腹内疼痛难忍似要临盆
遂将白天祖引入第二寨的迷魂之阵
白天祖陷入阵中迷乱了心魄
穆桂英虚晃一枪掉头向东飞奔

来到梁村东头人饥马渴
一个水坑让饥渴的马儿跪地痛饮
随后穆帅策马来到一座菩萨庙前
小女金花呱呱降临

穆桂英怀揣爱女再入敌阵
直杀得白天祖丧魄丢魂
巾帼英雄穆帅千载留芳
梁村东的饮马坑也世代传承
一坑清水孕育着一方黄河儿女
那饮马坑哦
就是父母心中的希望与永恒

妈妈说
穆桂英饮马坑就是我家传世之宝
能庇护子孙后代福寿盈门
村东地头的祖父与父亲哦
守护着饮马神坑秒秒分分

四十年后
我沿着村东地头一路寻找
祖辈的坟茔在田间格外分明
苍老的岁月携着我来回寻觅啊
英雄的马蹄印和那饮马神坑
是否如千年前丰盈？

似乎听到了战场的厮杀震天
看到了穆帅坐骑下狼烟奔腾
寻到了那一汪千年神泉哦
我一舀陈酿的英雄故事
醉饮千盅

写于 2023 年 7 月 14 日

120

海边搁浅的小船

昨天
我在海边　在沙滩
相遇这条小船
它不言不语
躺卧在海边银色的沙中
如一个历经沧桑的智者
静看人间

我不知道它有过多少故事
已被海风吹散
也不知它是不是有一船的悲喜
要与海浪攀谈
我斜倚船边企图陪伴它的孤傲
它却视若不见

早上　我在小屋的阳台
看大海　看海子的诗
诗里却没有找到这只船
它依然在大海的边上
或许哪位诗人的诗页上
搁浅

崇尚它孤傲的美
我捡了一个很美的贝壳
里面灌满了我想说的话
放在它的船舷

写于 2023 年 10 月 18 日，汕尾海边

你是那朵流云么

你是岸边那只鹭鸟么
如果我的脚步惊扰了你
我的爱
我将原地站立
寸步不移
只要你不惊慌地飞去

你是秋野枝头的那朵木槿花么
如果我的呼吸烫伤了你
我的爱
我将蜜蜡封口
不呼不吸
只要你不伤痛的坠落入泥

你是天空那朵飘来的流云么
如果我的眼眸束缚了你
我的爱
我宁可紧闭双目
不见万物
只要你能自在飘逸

写于 2023 年 11 月 3 日晨，藏龙岛

我想去那边缘

你说
无时无刻
都有成吨的暗物穿过你的身体
我说我咋不知道
你说　其实你是瞎子聋子傻子
我说这我知道

我知道脚下的球带着我跑呀跑
我挣不脱它的魔力
飞不出它给我画的圆
我在宇宙的深渊旋转飞腾或坠落
如一粒沙或一个断翅的萤火虫

看见一群群跳跃的影子
在这圆球上跑　跳　哭　笑
有时炮火连天
有时焰火凌霄
他们要干什么
我不知道
我也不知道宇宙有没有边
但我想去那边缘

黑洞我就不去了
有点害怕
我怕黑暗
于是我向光明奔跑
巴音布鲁克九个太阳
天山的月亮被李白擦亮
还有那片大海
有星星在里面歌唱

我想从这个圆里跌落
拥抱着那奔我而来的未知
跌落到宇宙的底部
把宇宙砸出一个坑洞
然后逃出不知道谁给我的宿命

我是个痴人
看不见应该听见的
听不到应该看到的
我是大海
我是蝼蚁
那些会穿越的精灵
带上我吧
让我穿透所有的星辰大海
去扑向那闪烁的光明
涅槃　重生

写于 2023 年 12 月 28 日

珞珈山有片金色的海

清晨
我走在珞珈山的小路上
是谁，使用了无边的魔法
甩一面斑驳陆离的网
把我丢进金色的海洋
我快要被这荡漾的金淹没了
挣扎　无用　没人理睬我
因为大家都被抛进来了
大家都在这一片汪洋的海里呼喊着
还有一辆车！
它正在下沉，下沉
沉入这金色的秋海，无法脱身

天上还在不停地下着雨
一只只飞翻的橘色蝴蝶
就是飘啊飘的雨滴
雨落入海洋
潮还在涨
人们欢呼自己的沉沦
那辆车呛了一口水
欢叫着

我是 3T26P！我是 3T26P！
假如我不见了
请记住我的名字

记住我的名字
记住我的名字
我们都是珞珈金色汪洋里
畅游沉沦欢笑着的孩子
在这被施了魔法的色彩里
我们，还有那辆车
我们甘愿沉入海底
然后化作秋色的蝶儿
在蓝天下，海之梢头
飞来飞去

写于 2023 年 12 月 5 日，
珞珈广场银杏林赏游归来

我的江湖

我的江湖岸上行走着春夏秋冬
水里欢跃着一个两个
不止九个太阳
海鸥跌落湖面想衔走一个私藏
却被潮水潮湿了翅膀

我的江湖树梢上摇曳着黎明的星辰
鸟儿披红挂绿想当岛上的新娘
乌桕和红枫搭起了秋帐红纱
想引诱那浪迹的云君来当新郎

秋荷给我讲它盛开的故事
香藕却偷偷把相思扎入泥塘
我吹着芦花吹着的晨风
摇一枝蒹葭撩醉那水色天光

我的江湖清风来往
我的江湖碧波荡漾
等时光把浪漫放逐成浴河的野马吧
那时再一路追星赶月
马蹄生香

写于 2023 年 12 月 7 日，巡湖路上

我的思绪在湖岸打坐

思绪如芦花在湖岸叠化
浓密　变幻　清浅
你轻轻掠过
便盛开了一个我

霞光跃出水波散满天空
天空欢落下刀郎的歌
水草游弋着清浅的波纹
巴音布鲁克的太阳
也从此路过

走过雪山走过草原
走不出刀郎摄魄的歌
这湖水不懂赛里木
但能浇出晶莹的花朵

拈一缕思绪埋下
开出这朵七彩的小花
清寂的杨柳湖岸
风吹过云飞过歌飘过
你不曾来过
唯有这透明的思念在湖岸打坐

写于 2023 年 11 月 25 日晨

129

可不可以这样爱你(1)

人们从四面八方天上地下
如潮水般向你涌来
我的爱!
拥抱你祝福你送花予你
送吻予你
我的爱哦
假如你是一个美男子
我一定会悄然而退
让路上的青藤捆绑我的一往情深
偶尔从枝叶的罅隙里回望过去

可你是一座山哦
我的爱!
你是一座玉骨冰肌书魂樱魄的山啊
我的珞珈!
哪怕爱你的人潮如海
哪怕爱你的声音挂满你的树梢
我也会把我的爱溶化成一首首情诗
塞满你每一个朝阳初生的日子
永远不会离你而去

你为何给我这么多这么多
春天你把灿灿的春花给我
夏天，你把一池的蛙鸣给我
秋日你给我静美的落叶
冬天赐我梅香缕缕
我的青春在你的庇护下生上翅膀
我的暮年在你的怀抱里笑入梦乡
50 多个春与秋里都是你
直到我白了头而你百卅绸缪

珞珈我的爱！
可不可以
让我春夏秋冬都与你同色
让我的诗像春花秋月一样多情
我的歌如夏荷冬雪一样纯美
让我的脚印雕刻在你的四周
然后把你的每一瞬美丽都定格挽留
让我每夜枕着你的呼吸入眠
然后让我的诗穿上你的绿装
跟你走到时光的尽头

写于武大百卅纪念日

待我山花插满头

清晨，你可看见
我无涯的——
喜乐与忧伤，爱与迷茫
已灿烂成漫野的山花啊
摇曳在四季沉沦的山坡

采那红的黄的淡紫色的
一朵一朵又一朵
待我山花插满头
便欢越千仞青峰百里烟溪
奉春色予你的微雨疏窗

我是颠簸在马背上的
一朵情诗
瓣瓣绽放着爱与苍凉
你何尝不是山间李白的明月
我簪花独醉的杯中情长

你我原本就是一场杏花春雨
将岁月灌醉在月下荒丘

再约一场马蹄生香大海星辰吧

待你重整鞍辔汗马

待我山花插满头

写于 2024 年 7 月 11 日

珞珈行板·一歌四重之樱园

潜入春色撩人的樱园了么　你？
可得留心哦
一不小心你会被樱花撩醉了呢
一朵，两朵，无数朵
一树，两树，所有的树
树上有只酒醉的蝴蝶
是你么？

天外的云朵飘挂在树上了
清风吹来
樱花雪纷纷扬扬
落在你美丽的双翅上了么
你这樱园恋花的蝴蝶

地上漫舞着淡粉色的春
如泣，如诉
如酒，如诗
仙雾缭绕的山间石径哦
翩飞着青春的行歌

淡淡的香雾假如不曾醉你
看那恋恋牵你衣袂的樱枝
你还忍心离去么
我的擅入樱园的蝶儿哦
就这样与青春炫舞吧
春来何不随春醉
春去几人能唤回

写于 2023 年 11 月 13 日，夜于珞珈山寓所

珞珈行板·一歌四重之梅园

缕缕暗香　铁杆虬枝
一园腊梅几乎把校园灌醉
骨骼清奇　繁花迷离
何处匠人雕你傲骨如斯
瞬间我为花痴

清幽影里　曲径卵石
翩翩学子流连蜡花不欲去
是拟娶梅花为妻
零落成泥，清香如故
帘卷一树相思

雪落无声　冰聚有形
夜来谁偷凿了琼枝玉叶
再瞧那冰魂雪肌
走遍天涯谁似你
香园飘过古诗

写于 2023 年 11 月 13 日，夜于珞珈山寓所

珞珈行板·一歌四重之桂园

闻到的第一缕风是桂香
看见的第一个你
是那扇花映的红窗
桂园把学子们领上高台
戴上桂冠
送他们去了天涯
而那扇红窗
却遗我一世甜美的忧伤

我的所爱在桂园
桂园的一呼一吸都漾满香甜
还有你那羞涩的一笑
一个转身却飘向了他乡
桂花未开时　你来到我身边
桂子金黄时　我嗅不到了你的芳香

桂园的每一个花瓣都写满了故事
每一朵花上都开满了爱的忧伤
这忧伤是青春的甜美
来自木樨的酒坊
采一缕醉意投问杯中明月
广寒蟾宫是否也与桂园一样

写于 2023 年 11 月 13 日，夜于珞珈山寓所

珞珈行板·一歌四重之枫园

你如一个阳光下闲坐的老人
一袭红叶袈裟
坐山脚观云起云飞
看青春来来往往
你的沉吟长成一棵棵大树
任凭风儿摇落一地的哲思
在此漫步徜徉

如夏花之绚烂
如秋叶之静美
泰戈尔的飞鸟从此飞过了么
扇落漫坡美妙的离殇
生也唯美
死也唯美
谁能不爱这斑斓的道场

课堂上画不出的枫叶可画
课本上没有讲的枫树会讲
劝君闲来枫园飘过
枫园二字就出自哲人之手
捡拾一片红叶我轻轻遮住双眼
不见泰山却见过红尘万丈

写于 2023 年 11 月 14 日夜，珞珈山寓所

你的珞珈　我的珞珈

桂园九舍窗外的夹竹桃
是我初见的树上花开
工农楼的资料室
是书页里的海洋
操场的草坪
坐着野心勃勃的懵懂少年
体育馆的篮筐里
框入过多少欢笑与鼓掌？

樱顶图书馆的缕缕书香
曾缭绕着我的座椅
老斋舍纷飞的樱雪
曾飘落在我的眉间心上
梅园操场的闪烁灯火哦
是我们的青春点燃
九·一二的跑道间
飞奔着我无羁的希望

教学楼里的三尺讲台

教授的真知灼见

何止万丈千尺

一排排挤满的座椅

学子们的求知欲望

又何止千尺万丈

珞珈之水，清魂映智慧

珞珈之山，树树皆栋梁

在珞珈飘满樱花的石径

我回环往复走了51年

从春暖樱开走到秋叶成霜

我的诗情　盛开在樱桂梅枫的枝头

我的脚步　只在花香与书香间停留

我的青春　已飘落入珞珈的沃土

我的心魂　已扎系在山顶那棵

高高的梧桐树上

写于2023年11月21日，

武大百卅校庆前夕

致敬　遥感

茫茫太空
有无涯的星光璀璨
无涯的璀璨里
你是最神性慈悲的星光闪闪

你看穿世间万事万物
成全其本真元来
你看懂人间的每一声叹息
把跌落的失望拽出泥泞
你听懂山川河流的愿望
还它一如初见
你说服迷路的过客
还它坦途一程程

你是大地最近的未来
是天际最远的今生
量子纠缠是否纠缠着你的梦
宇宙时空一定写满了你的时空

你能让地星清明透亮
然后笑看他的每一搏脉动
你能让太空智慧闪烁
然后让星辰点亮星辰

我塑一尊仰慕向天空致敬
转眸回首
您却近在咫尺
坐在陨石的摇椅上
满面笑容

写于 2023 年 6 月 20 日

（铃子写给李威与他的团队）

142

在你的每一垄诗行里行走

穿过130年光阴的古老牌坊
我嗅闻到诗意芬芳
用目光犁开你垄上的诗句
足尖却陷落在你的诗行

这不是酿酒的酒坊
却不小心被灌一杯醇香的天酿
你说，涛声约若
清风可饮
清风却笑我已醉步踉跄

百鸟歌吟教我迷失在山林
不小心跌入了山涧溪流
秋叶也飘荡着辞赋音韵
似相如绿绮琴声水般轻柔

循着清香我顺垄而上
不小心攀上了一座山的眼眸
屈子行吟

一水绕碧

花繁满树

嫣嫣灼灼

我的心船在这眼眸里沉了舟

指尖想撩开缭绕的香雾

不小心触碰到了一座山的琴弦

箫簧琴瑟，歌舞悠扬

撩动了诗垄里洋溢的风流

写于 2024 年 7 月 8 日

今天　告别　让悲伤艳之入骨

艳到骨子里的忧伤还不够么
还要爬上秋色
摇落一场嫣红的落叶雨

一场玄幻的春走了
一场热烈的夏走了
留下一个被弃绝的秋
飞扬着漫坡火红的悲泣

还是去看看红叶吧
看绝望的色彩如何艳丽多姿
看凋落的明媚如何入泥

怀揣一杯酒给你
你这灿烂着的我的秋色
你这满坡摇曳着的秋来春去
饮醉我吧
而你，随意

雾霾笼罩着整个红尘
也许只有悲伤，
绚烂着自己。

写于 2023 年 11 月 2 日北京

第二辑
我与春天私奔

唐诗里飘来一场江雪

守着潭侧一树梅花
我等着
为即将凌空的龙
盛放焰火

每一朵花都闪动着美眸
水波粼粼
彩虹鞠躬
一树铜杆铁枝
都披上了龙鳞

唐诗里飘来一场
江雪
厚葬鸟迹人踪
万物纯净
龙要诞生

听不懂鞭炮齐鸣
我等来了古寺晨钟第一声
一树梅花飞绽绚丽焰火
琼花炫舞
雪里虬枝也化龙飞腾

每一朵梅花都炸绽一派春色

每一条祥龙都口衔福星

万象揉揉惺忪的眼

看雪花吟诵着吉祥幸福的诗句

敲响你龙年的时钟

写于 2024 年喜迎辰龙之时

一朵花

一朵花
不知在为谁痴情
晨雾弥漫
谁又会推着吱嘎作响的年轮
碾着岁月的积雪
来嗅探它的幽幽梦萦

欢声如海
人们沉醉于焰火升腾
馨香的花儿独卧枝头
清高着它的与众不同

傲世的湖岸静悄悄
鹭鸟沉思在一串音符里
花儿的情思凝雪蜡封
乌鹊掠过不屑一顾
一个青年别过脸去
假装万物皆空

一朵花的痴情
绽放，芬芳
等待
你来，或者不来
待时光的雪越积越厚
她便沉溺在这洁白里
歌吟

写于 2024 年 1 月 14 日

等你到来

你无时不在
在幽径
在水边
随云雾而至
随光影散开

你此时在梅枝间
疏影横斜着，我之所爱
不等我心脾醉透
你已白云清风衣袖轻甩

你其实不在
梅花那么的香
风那么的轻柔
在溪边的小路上
你没有含笑而来

等二月的盛典么
头戴王冠百花簇拥时
想起这过往的暗香盈袖

唉
如雪的芦苇摇摇摆摆
梅花瓣儿在水中旋舞着
等你到来

写于 2024 年 1 月 1 日，溪畔观梅

看见了盈盈的你

你把自己和诗糅合在一起
轻风吹过
一个彩色的泡泡轻盈起飞
向光而去

你想飞落侠客的剑锋
你想飞过雪域马背疾驰
你想飞离这地星的引诱
看看宇宙到底有无边际

然而你的壳薄如蝉翼
你太容易被击穿融化啊
一声鸟鸣
一片飞雪
一缕花开的幽香
一汪深情的眼波
甚至一声轻轻的叹息
都足以击穿你
让你诗化成蓝色的泪滴

彩色又轻盈的你
在鸟儿的羽翼上
清浅的芳溪旁
缕缕的花香里
我看见了盈盈的你

写于 2024 年 1 月 3 日，荒岸赏梅随记

童诗：画龙

妈妈叫我画条龙
放到明天的天空

马首蛇身鹿角
鹰爪虎掌双翼鱼鳞
一双兔眼？

怎么可以！

大海翻腾了
云也想说话
罗布泊出现 5 公里裂缝
天空出现游弋的彩虹
我的龙诞生

我给我的龙画 100 双眼睛
一双眼睛潜海底探秘
一双眼睛在天伴日月星辰
一双眼怜人间悲与喜
一双眼探万物蛰伏苏醒
……

100 双龙爪抓住漫天福气
100 双龙爪把罪恶按进地缝

给它画一肚子怦怦的爱心
让它爱每一个善良的子民

给它画一身救世绝技
摘星拿月行云布雨
上天入地普救众生

龙翅一展背负人间欢笑
龙爪一松赐福天下百姓

给它画一张空谷大口
衔住熠熠的太阳永不落下
……
妈妈的笑爬上树梢：
"快给它点上 100 双慧眼吧
放飞它，在明天的天色微明"

其实我有点沮丧
妈妈没看见
我正在给我自己身上
画满了鳞。

写于 2024 迎龙年之晨

芦草

你从我的湖面飞过
我就站成了一丛芦草
等你
为我描画一行梅花
或　一个换季的回眸

风吹折我的凝望
我的远方在此抛锚
直到
雨凝成霜雪
飘落我的发梢

枫叶落了一枝又一枝
莲花几度枯老
一潭芦花瘦影里
凭飞过
几个雁字了了

写于 2024 年 1 月 16 日

童诗：童年

谁偷走了我的童年
至今不还

天山寻遍
那棵老柳树，我的坐骑
扬枝挥鞭
它把我的快乐送入云端
然而它已不见

妈妈领着一群来亨鸡
来吃我碗里的饺子
老鹰狐狸都在偷瞧
口水潺潺
我喊妈妈来瞧
妈妈已不见

我寻找我的童年
树杈上
葡萄架下

苜蓿地蒸腾的清香里
夜晚摇曳的煤油灯下
童年已不见

我要找哥哥
帮我一起追查
谁偷走了我的童年
然而四野茫茫
哥哥已不见

人间大寒

写于 2024 年 1 月 20 日

大寒

在 24 位美人走秀的 T 台
你最后一个出场

披雪袍簪琼花
你这冰雕玉砌的美人
来为千姿百态的四季 T 台
舞一个玲珑剔透的结局

碎裂那片色彩的狂放炫耀
封冻河水在大提琴里的低声幽咽
埋葬枝头被长笛吹落的悲叹
驱爬行横行的光影都瑟缩洞穴

挥袖纷纷漫天玉鳞瑶甲
低回旋转埋一季新芽
冰指划一条时空的裂缝
春在此蓄势待发

走过来你是冰凌摇曳的玉人
走过去你是百花盛开的季节
你的呼吸散发着缕缕梅香
一个回眸就诱开一朵偷窥的时光

你与春早已私下约会
怂大地的笑大胆攀上门楣
那雪野里跃动的焰火
或许是你今生泄露的轮回

写于 2024 年大寒节气

疯子和傻子

许多年前
有个智者对我说
要用心去看眼睛所看不见的
用心去听耳朵所听不见的
我照做了
结果我疯了

许多年后
有个智者对我说
你要看不见所看见的
听不见所能听见的
我照做了
结果我傻了

疯子时时悲痛
傻子快乐永恒

写于 2024 年 1 月 24 日

一朵梅被冰封湖面

腊梅玲珑着冰灯
红蕊燃放焰火
一个人一场思念的盛会
凛风主持

一朵梅花被冰封湖面
蒹葭飘坠霜絮
冰河下奔涌着
谁的欲言又止

鸟儿穿透了过往
在瑟瑟的枝叶间失迷
阳光跌落冰河的瞬间
焰火升起

写于 2024 年 1 月 26 日

莲华寺随笔

哪里传来晨钟隐隐
一声，两声，三声
108 声
携着渺渺禅音
飘飞过来

钟声将我敲醒成一只蝶儿
轻舞，飞翻
看那大海之间行来一艘航船
莲花开在船头
观音脚踩花瓣
面带笑颜

那是一位苦行僧吧
一段漫漫长路
跋涉 23 年
身披云霞为衣
头枕星辰为眠
终筑起一方海上莲花山

心灵圆悟处
看拂尘挥过
一片莲华漫漫
春夏秋冬
花开花涅槃

穿过莲华禅寺香雾
我也不见
蝶也不见
唯见莲花摇曳
佛音弥漫

写于 2024 年 1 月 29 日，莲华寺归来

借我一根缝针

想找一根缝针
缝住黑夜与黎明的开口
缝住我
不让梦从里面出走

放假了
昨晚，我在沙漠的脊梁飞奔
我日夜渴盼的妈妈
就坐在家门口

妈妈张开双臂
拥抱着我重重叠叠的思念
我询问妈妈
身体安否

亮光掀开暗夜一条缝隙
梦带着妈妈向亮光出走
失魂的我拼尽全力
却怎么也合不拢这夜与昼

借我一根缝针吧
让我在千载难逢的时刻
紧紧缝住天地昼夜
把有妈妈的梦境挽留

写于 2024 年 1 月 31 日，
思念母亲的晚上

春色如雪霏霏

那枝梅暗示我
明天，你就要来了
我的心顷刻盛放鲜花
千朵万朵

是的呢
你还没有摇醒湖岸那片野蔷薇
我的玫瑰已经为你
万紫千红

犹如摇曳的芦花
未等岁月的青睐
先自飞扬白发苍苍的
许诺

哪怕只是一场路过
我的爱！
红尘万丈你的一次擦肩
便足以掀我漫卷星河的痴狂

我先盛开
等你到来
你一个漫不经心的举足
便是我灵魂欢跃的歌舞

你若携一阵细雨微微
请灌醉我一树的花蕾
你若随一场琼花飘落
让我的爱翔舞春色吧
春色如雪霏霏

写于 2024 年 2 月 3 日，
迎春有雪的日子

终于下雪了

是乘着我朝朝暮暮的梦么
终于，悄悄的
你来了
馈大地一片白茫茫
还真有点干净

该如何迎接你呢
我的玉洁冰清
梅花的幽香
昨日已被冰封在枝头
等我前去湖岸
把一树的幽香摇醒

小黑犬早已经欢喜跳跃着
在洁白的诗页
写上一首又一首梅花词
傲气向天的翠竹
第一次向唯美的玲珑世界
弯下腰诚意挽留

一串串冰凌替谁感叹你的美好
天空把你洒向人间
自己却抑郁了
太阳啊这两天你就不要出来了吧
不要把如此的净美收去
让万物泪流

写于 2024 年，
立春大雪的早晨

满城折枝

冻雨来了
每一个枝条每片树叶都脆了
用手一弹，叮叮作响
如同一颗爱着的心
如同玻璃一样

盼一个爱而不得的恋人似的
盼了许久许久的雪
来到人间
在没有星辰的夜晚
飘落在清脆的春讯上

一座城叮咚作响
一场雪上加冰的赴约
倾倒了一座城的山水
满城折枝
感恩这飞来的琉璃季节

一座山樱花漫漫
怎不让万木喜泪涟涟
叶子都晶莹成了樱花
漫山折枝
感恩冰晶雪樱提前赴约

雪与梅拥吻枝头
冻结了脆弱的相思
冻结了时间
与琉璃的春一起
听满城折枝

写于 2024 年 2 月 5 日

我与你相同

迎接龙的飞腾
迎接春风
迎接太阳又一次新生
天山　大海
每一条河流
每一片叶一株小草
我与你相同

冰雪惊呆了红尘
万物透明
秀木折腰于猝不及防的美
花儿玲珑
万物玲珑
岁月涅槃重生
我与你相同

美到极致成冰
冰是惊待的一池春水
空间有妖娆无穷
一片白茫茫的大地
便是万紫千红
我与你相同

写于 2024 年 2 月 8 日晨

这个维度

坐在虬枝如龙的树杈上
今天
飞过生硬的尘埃
苍白无色的楼群
奔赴
另一个维度的温柔无边

逃脱石头一样的虚幻
看真实与虚假坐一张椅上攀谈
温柔和生冷同穿一件衣裳
笑容并没有影子
影子早已翻山越岭而去
笑容继续用餐

一朵花开不容易
凋落却无须一个池塘
那个维度石头疯长
而温柔随水狼狈逃窜
瞠目结舌的魔幻
冰火抱着真伪乱作一团

坐在龙形的树杈上
摇摆成少年
这个维度阳光总是灿烂
一切不需要衣裳
等雪花为你舞出一树的泪水
你的心就成了花儿的池塘

写于 2024 年 2 月 11 日晨，
乘坐武汉空轨归来之后

节日笔记

有一树繁花
开在你的窗前
你给我一本书
里面夹有一片花瓣
待花瓣开成美丽的花朵
这本书已无处归还

有一颗晨星
耀我前路漫漫
溶我千千心结
却又隐匿在黎明彼岸
似远还近
似近还远

思绪爬蔓成冰枝
岁月脆寒
眼光穿不透红尘
星光若隐若现
打开那发黄的书页
再拾一地花瓣

写于 2024 年 2 月 14 日

179

爱如泉

你把爱赐予我
就走了
我已寻你不见
而你赐我的爱
溢满了我心屋的每一个房间

我何处归还
我看不见，似又看见
天地万物灿然
而这爱如泉
我就地奉还

给每一朵云每一座山
每一棵树每一朵花
每一条小溪每一声鸟鸣
每一个我所爱着的人
和每一天的日月星辰

无须归还

山河大地绚烂

寰宇清澄自然

而你，笑容依然

我之爱，总如泉

写于 2024 年 2 月 16 日晨，藏龙岛

爱之问

你明明笑容灿烂
为何转身却泪落潸然

你明明心在滴血
为何却为我把前路铺宽

你明明早已看见
却为何装作不曾看见

你明明被日月熬煎
却为何清晨淡然洗梳白发镜前

你明明难分难舍哦
为何从此一去不见回还

写于 2024 年 2 月 16 日，
思念母亲的夜晚

春天来了

——巡湖笔记

柳枝说，
春天来了耶
看我摇摆摇摆
摇出一片绿色江南岸

梅花说
我早就告知你们
来了，春天
看跌落草丛的
是我留给春天最后的语言

芦花说
我正在阅读云层罅隙里的春光
鸟儿说
我已调整好琴弦

荷塘说
我的一个个追问里
藏满了渴盼

写于 2024 年 2 月 18 日

思乡

我看见一个我
早已被封在八千里外的雪野
那群穿越雪域的狼
里面就有一个我吧
穿透岁月的围堵
向着心的方向

那六瓣玲珑着的花儿
真的是我飘落的思念啊
暴风吹它去无人区了么
就让这思念守着一片荒漠吧
刻在花瓣上的思念需要荒凉

而我的悲伤却卷一柱黄沙
旋转飞腾在熟悉的地方
没有身影没有熟悉的老窗
只有无根的流沙
飞旋着一柱悲凉

写于 2024 年 2 月 18 日，听闻新疆大雪，思乡

伪装

我怎敢相信清晨这朵凋谢的昙花
曾在夜晚悄悄为我绽放过
我漾溢的爱曾伪装一个路人
走过你，涂一脸淡漠
一潭秋水不敢化一个回眸

我怎敢相信那只飞过我心空的鸟儿
翩飞着曾苦苦寻枝栖落
我躲藏的爱曾假扮一阵轻风
经过你，将一树秋叶挥霍
一缕情绪化一场鸟儿与春风的欢歌

我是一个荒漠跋涉的行者
怎敢相信路遇的一汪甘泉
在为我涌溢
我用重石覆盖我的喜泪涟涟
一步三回头说
我不渴，不渴

爱可以伪装成学渣
读不懂你递给他的每一页深情
如果懂了
就是一场飓风

写于 2024 年 2 月 19 日

童诗：那一群狐狸

童年的记忆像天上的云
说飘过来就飘过来了
追一只天鹅
天鹅钻进沙丘洞口
我也钻进洞口
却抱出一窝狐狸

狐狸三四只
如我一般的少年
少年狐狸不吃鸡
鸡追啄着狐狸
我一会追鸡
一会儿追狐狸

少年的世界是追逐的世界
不追那青铜色的味道
只追有趣
一直追逐到夕阳西下
西下的太阳也如此有趣
它落下了　还会升起

写于 2024 年 2 月 20 日

一缕诗情

想把那满坡的野花给你
可岁月的船儿已把你载离

想携漫天的飞雪见你
生怕寒花霜染了你的发丝

想给你一片秋叶
却无法题出叶上诗句

给你一树啾啾鸟鸣哦
又怕惊得你花落如雨

十八相送毕竟一路相送
滴滴冷雨是否敲碎了阡陌相逢

普救寺的明月已生出森森草木
西湖断桥不见了拔剑的小青

遥远的鞭儿下可有奔来的小羊
一曲花妖岂止泪淹了整个杭城

十里春风吹来花香十里
花香十里难寄一缕诗情

写于 2024 年 2 月 21 日

题图

多么想就这样守在你的身边

永远，永远

可是我不敢再望你一眼

怕把思念望断

我与你何止一只瓶儿的距离

我与你之间

有万水千山

让我就这样吧

就这样

静静的

悄悄的

低头，整理我的思念

写于 2024 年 2 月 22 日，

题天山照

又想打起背包了

夜晚
群里的美色炸了天
热腾腾的吊锅
鱼儿般乱蹦乱跳的雨点
像大海一样的长江
妖冶的风铃木

小和尚在蝴蝶样的花旁
念经，念经
如如不动
他心里有只蝴蝶么
随经文
飞绕花瓶

西域的雪疯了
一口气吞没了红尘
汽车被冻死在雪窝里
马用胸脯开路
狼蹿出一条雪径
自由横行

飘飞的玲珑花织成一条围巾
披在安集海大峡谷肩头
这万丈帅气的美男子
惹我爱意重生
连夜打起背包吧
飞花三千采一朵插在发鬟

今晨撩开窗帘会有雪么
愿我2024的第二串笑声
一头扎进雪窝
如那一群野狼
蹚出一条纯美的路
自由穿行

写于2023年2月22日，盼雪的早晨

雪地火焰

雪地腾起一团火焰
火焰惊艳了一座山

闪转腾挪
仙眸闪闪
冰雕玉砌的山林
来了火红的狐仙

是蒲松龄把你从聊斋放归
寻你前世绝恋
还是漫山飞樱绽雪
飘逸着你的从前

琅琅书声
翩翩少年
碧水盈盈
红的精灵流连往返

光影躲在林间偷看
看樱花雪花漫卷
雪地走来三五书生寻迹
一簇比闪电还酷的火焰

写于 2024 年 2 月 23 日晨

记 2024 江城第二场雪

离惊蛰还有好几天
你就等不及了
趁人们熟睡的夜晚
你电闪雷鸣
遣飞龙吐一串串火舌
开始了新春伊始的练兵

大地忽明忽灭
蓝星在太空潜行
带着雨雪冰霰
带着前路的忽灭忽明
紧急密谋
抱团降临

天外袭来沙沙杀杀声
吵醒了来不及穿衣的梦
黎明掀开生命萌发的帘
看那轮子嗷嗷飞转
车身漂移横行
高架上卧满扭了腰的龙

所有的山坡都是滑雪场
道路专供溜冰
孩子大人们都在雪野飞
小黑狗啃不动坚硬的雪
那个企鹅只好爬行
哦！公交车也扭得腰疼

折我满城高枝又如何
撂倒我遍地英雄又算什么
珞珈樱顶飞滑过一个女孩
赠你一个酷飒的动态合影
冰雕出一个新晋滑雪场的
通行证

写于 2024 年 2 月 23 日

元宵三唱

我的元宵
是我手中这团天山雪
唯阳光方可溶它入我的生命

我的绣球
是我心中那闪烁的星
为我之所爱愿坠落红尘

我的祝福
就是那挂在梅花枝头的花灯哟
为你昼夜通明

写于 2024 年元宵节

樱顶滑雪的女孩

从樱顶飞驰而下
这是国际滑雪场么
哪里飞来的帅气女孩
着一袭雪白的上衣
在山路上飞滑

一座山惊诧
一个人的自拍速滑
珞珈山被你滑出了长白山的酷
蜿蜒山径预演了米兰冬奥的刷刷
一镜到底，谁如你又美又飒

现在就来珞珈吧
背上书包　相机　滑雪板
与酷帅的小姐姐一起
穿过雪花
来看樱花

写于 2024 年 2 月 24 日

梅花别

一场与梅花的告别
雪地铺满片片坠落的光阴
积雪已汇流成溪

绽放与凋谢都悄然无声
如一场爱的降临与零落
唯枝叶挂满悲泣

春风牵来满园唐诗宋词
唱几树嫣红几树雪落
再诵芬芳几枝

花瓣傲舞却无人伴奏
土地唇膏涂得香艳迷离
引香魂入泥

放飞我的思念作翩飞的蝶
吻别你每一缕芳香
却吻不住你的离去

写于 2024 年 2 月 27 日

倒悬

我把一串诗行倒悬在枝梢
想晒它的水分
它却跌落成一地梅花
与泥土言欢

我把旧日时光倒悬在门框
想缝补它的裂隙
它却化作一团烟雾
淡去寻不见

我把昔日苦痛倒悬在月钩
想倾尽它伤痛的微吟
它却流淌出一串欢歌
笑我太痴癫

我把欢乐倒悬在云朵
想看它的反面雕画着什么
它却抖落连环
飞翔入云天

我把我的思绪倒悬在山巅
想看它到底如何飞舞
它却拽着我一路私奔
在山海星河间

写于 2024 年 2 月 29 日

你的爱

你的爱是一滴晶莹的晨露
隐匿在你心绪的枝叶
你的过客无意的拈枝回眸
你愿就此欢愉滴落

你的爱是窗外春日的鸟鸣
歌吟着大地的万紫千红
你的心上人微笑着伸伸懒腰
你愿为他鸣唱暮暮朝朝

你的爱是一枝独秀的玫瑰
摇曳在一望无际的旷野
为了等他一次不经意的路过
你愿在此三生三世轮回

你的爱是湛蓝湛蓝的天空哦
日月星辰雨雪阴晴
为了遥及你所爱的身影
你搭起一个苍穹

写于 2024 年 3 月 1 日

跋涉

跋涉半个多世纪了
依然走不出你的迷魂阵

一堆星辰玩得喜不自胜
一个星球却无法逃生

雷电地火中翻飞的那只凤凰
露珠缝隙里张着大口的黑洞

近在咫尺的遥不可及
穿透千山万水纠缠的量子

飞扬着的坠落
凋亡静谧里的万物萌动

暗夜的闪电
阳光里暗物穿梭如风

美酒晕开了谁睫毛上的雨滴
诗句里咣啷响着的镣铐

自由飞翔后魂归何处
旷野树梢有个空空的窠巢

写于 2024 年 3 月 3 日

春风沉醉的家乡

惊蛰从泥土缝隙里钻出
惊醒了跋涉者的脚步
秋日生成的情愫
此刻借了这缝隙锁拢了羞惭

拽不回拂袖而去的光影
就随春天向前
前方麦苗青青
还有场爱的盛宴

新娘子是当之无愧的美女
她的笑容把春天花儿都灌懵了
那个躲在花影下偷笑着的
是骑白马而来的新郎官

茱萸峰雕琢的诗人也想下山
春风撩开了蛰伏的万千媚眼
黄河的腰肢扭动得婉转回环
这一场醉透山河的婚宴

云台山吐露着芬芳
紫金山摇曳着罗帐
你笑挽着醉了的山河
又劝满头插花的惊蛰莫误闯了新房

写于 2024 年 3 月 5 日惊蛰

凤凰山

寻找
跪拜
感恩
这座山在山之上
这座山在心之巅

您一世的爱我何以奉还
燃三柱袅袅轻烟
再撒点点花瓣
烧一地纸钱

愿您喜欢
愿您平安
愿您耐心等我
等我再次来到您身边

看山间的麦苗那么青绿
树梢鸟巢有只鸟儿
我替你看见
它衔着我的思念

写于 2024 年 3 月 9 日，焦作

小岛李花

舟楫载着春摇来
在小岛卸下
满岸李花

李花有点羞涩
躲在林间
暗约蹊径枝丫

去年路过的美人
它在等她么
它在等她

春风不会老去
却会吹老李花
静静落下

落下的李花翩飞
寻找着
那美人的秀发

写于 2024 年 3 月 15 日晨

207

相逢是一场修行

万物有灵
植物之爱是不言语的
它只开花
一如珞珈的樱

我眼中万万千千的喜悦
你百朵千朵万朵的盛开
世间之情总会暗中约定
一如此刻我与樱的相逢

你灿烂灵动
我热泪盈盈
你终会飘然远去
我恨不化蝶随行

相逢是一场修行
道场是岁月轮回的等
等一缕春风
春风送给你我的约定

写于 2024 年 3 月 16 日，珞珈山樱花初绽的时刻

你不曾

你不曾为一朵花俯首
为一片云停留
不曾翻山越岭追那月下的光影
不曾送一个人到山尽水穷
请不要说你懂

你不曾为一个回眸欣喜若狂
为一个转身心如刀割
不曾在暴雨中淋湿过头发
在雪地把思念埋下
请不要炫你的柔情

你不曾踩落过满天星辰
不曾轻牵过一缕芬芳
不曾望断过天涯之路
不曾拥抱过你的瞬间永恒
请不要轻惹春风

若你的心海不曾潮水涌动
你的指尖拨不出花开之声
你的眉眼载不动千山万水
你的朱唇不曾轻吻红尘
请勿奢谈人生

写于 2024 年 3 月 17 日

无所不能

滚滚而来的轮碾压着有与无
智慧与愚蠢乱作一团
奔涌的暗物在偷偷乐呵
笑聪明着的愚蠢
伟大着的渺小

人类正在创造一个无所不能
然后让自己那么可笑
宇宙不会告诉你他是什么
光距要多远有多远
远到连思想都达不到

有人抱着一堆美梦睡着
有人彻夜不眠在星空飘摇
有人正掬一捧流沙哭泣
有人为指尖的月光醉倒
太虚之境惊呆了

梦境总也拨不通的电话号码
人间总是失眠的钟表
谁在自由自在地环牢笼飞行
撞出个洞飞进更大的笼
无知在未知中无所不能

写于 2024 年 3 月 19 日晨，杂感

不如一朵花简单

我的心如果是条皮鞭
我首先抽打背叛它的语言
我的心如果是支弓箭
我首先向爱之方向拉满

笑容总是泪流满面
云淡风轻漫舞着无形锁链
每天思考着无须思考的问题
把自己活成了春天里的秋雨绵绵

太阳也晒不干的思绪挂在人间
月光怜悯地与之对谈
语言还是背叛
逃匿在光影的单轨踮舞脚尖

你是最不靠谱的物种
不如一朵花简单
热爱就灿烂盛开
累了就纷纷归去

时光裹挟着落花浪漫
无暇顾及弄巧成拙的魔幻
我心若是一朵花儿
愿我的人也如她般简单

写于 2024 年 3 月 24 日，随想

写给四月

四月的苜蓿花快要开了
苜蓿地的青草味海浪般汹涌
妈妈和我淹没在这海里
妈妈舞着镰刀的桨
我的笑声深一脚浅一脚地荡漾

收割回一个春天
春天和苜蓿都醉倒在毛驴车上
我枕着荡漾的青草味道
与天空闲聊
苜蓿花躲在奔来的 5 月偷笑

四月是养鸡场的狂欢
来亨鸡叼起春天吞咽
然后撅着肥臀吐出一串串鸡蛋
爸爸是个变魔术高手
一转眼小鸡娃堆成了山

四月的路上羞涩着初绿的马兰
沙枣花蜷缩枝头梦酣
梨花杏花苹果花与云朵纠缠
爸爸妈妈穿梭在云山花海
春绿簇拥着我的童年

年轮吱嘎作响载我巡回四月
四月成了雾雨迷蒙天
苜蓿的花还是没有开
一树梨花雨湿了我的脸颊
什么都没有找见
只有纷纷的梨花飘落眼前

写于 2024 年 3 月 27 日，
回忆童年的四月

思念在雨中徘徊

红的绿的紫的各色春天扑面
我的思绪跋山涉水
寻找遥远的那片海

青草味依然在最近的远方
远方伫立着我的等待
等待你的笑颜如花绽开

夜月落在我的枕上
哀愁枕着月光失眠
花香与青草味绕梁

笔尖的清愁滴落
晕染不出千山外的颜色
却点缀出月色流溢的淡紫色山脉

蒙蒙雨笼罩了我的愁绪
湿了那条草色青青的小路
小路上我的思念在雨中徘徊

写于 2024 年 3 月 30 日

我与春天私奔

我与春天私奔
它领我去看唐诗溢出的春江水
书页里旁逸的桃杏芬芳
指给我看梵高玻璃杯里的扁桃花
开在不远的山脚下

它领我去双溪
看蚱蜢舟里看不见的忧愁
领我春夜听雨，花间留照
摘一朵白居易的山寺桃花
再抛入浅草伴马蹄

看春江水暖河豚欲上
小桥流水飞红处
游人老去江南
更有黄鹂深树鸣
孤舟自横野渡

它领我初见水岸东风面
言从此与春总牵恋
闲来举杯斟月华
俯首题诗笺
总有脉脉春相伴

写于 2024 年 4 月 5 日

今天　你出走乡村

今天你出走乡村
路上，一个声音击中了你的心
"灵魂倒伏在诗歌旁的姿势
比倒在别处优雅"。

你拼尽全力握不住虚妄红尘的手
还总被穿梭的无形赐予烦忧
去倒伏在开满诗歌的田间吧
与诗歌在天地间唱酬

袅袅炊烟飘散了你的愁绪
油菜花海拥吻着你的孤单
蝶儿为你写一行行起伏跌宕的情诗
一池春水送你一汪深情的媚眼

你的心有时太过骄矜
一个幻影都能掀翻你的灵魂
诗者的灵魂需要休养生息
诗歌是你唯一的知音

悠悠岁月天地之罅隙
对坐着你千疮百孔的灵魂与诗
就这样互相怜惜相向而坐吧
直到有一天让爱牵着你回去

写于 2024 年 4 月 10 日，江夏田野

不忘歌吟

哪里传来一声巨响
我发现我成了一颗流星

我的灵魂站在地星的诗田向我招手
说愿与我私奔

我该如何带走你啊我的爱
你能穿越万水千山几万光年么我的情之
所钟

你若不能，请闭上你的眼睛
接住我抛给你的梦里星辰

让我化为一道划破天际的亮光
燃烧着奔向有你的地星

地星原本就是寰宇一滴蓝色的眼泪
人类的灵魂在泪海中裸泳

诗歌是大海中的一颗礁石
我的所爱在其上歌吟

我飞腾着扑向我之所爱
烧焦的思念埋入深土等待春风

收藏好我给你的梦境吧
静待春暖花开时我与你私奔

哪怕前有万簇光箭后有地火千重
我的灵魂之爱啊
我与你奔向梦寐里的星空

宇宙因你我的到来退让出一扇门
我与你飞越苍茫，不忘歌吟

写于 2024 年 4 月 12 日下午

西行邀请函

我在大海道的沙底埋藏了一声呼唤
在赛里木湖沉放了一只小船
我想邀请你走进西域的故事
折一枝红柳插在日月之间

去火焰山把思想的缰绳烧断
去巴里坤鸣沙山把岁月翻个底朝天
钻进交河故城土黄色的书页
把历史晒干在胡杨遍野的戈壁滩

爬上雅丹拥吻李白的明月
用沙枣花香灌醉大漠孤烟
骑上汗血宝马去巴音布鲁克
一次驮回九个太阳放在你的房间

让我们在流沙河不小心沦陷
拨通独库汗獭叫它们前来救援
然后去巩乃斯河边找那只小黑狗
狼戈的苹果香与它攀谈

掬一捧牛奶河给夕阳洗个脸
看快乐在大峡谷峭壁跳科目三
抛几颗野果让它衔在唇
再把夜色塞进坦克一起攀岩

然后去丈量南疆的山峦
批阅巴郎子的羊腱子抓饭
在雪山之巅跳一曲麦西来普
看伴舞的大肥羊屁颠屁颠

打起行装吧亲爱的伙伴
别等通天河扭不出九曲十八弯
别等刀郎的风筝断了线
别等夏塔的马背上只有冰川

写于 2024 年 4 月 14 日

柚子花开了

柚子花开了
星星一样
每一朵小花都那么香
香得像情话弥漫在耳旁

我也开成了一朵柚子花
就在篱笆墙边
你从篱笆旁轻轻经过
我静静为你绽放

我是一朵小小的柚子花
你这行色匆匆的路人哦
不知是否嗅到了
我递给你的一缕芳香

写于 2024 年 4 月 14 日，柚子花开时

童诗：屁颠屁颠的大尾巴羊

我和爸爸站在巴音布鲁克的山上
一片白云飘到我的脚旁

原来是一群大尾巴羊
快乐得像白云飞扬

我四肢着地混进羊群
咩咩叫得和羊一样

爸爸的笑声像个羊尾巴
叮铃当啷挂在我的屁股上

我把一串羊叫声埋在山坡
衔一朵山花亲口尝尝

爸爸的笑声有点傻
总挂在我的屁股上叮当叮当

写于 2024 年 4 月 13 日

流往珞珈山的诗歌

珞珈山不仅适合树与花的生长
更适合诗歌
流往珞珈山的诗
已成一条奔腾的河

不知道三月的樱花是不是诗雕刻的
但四月的情人坡定有诗流过
那一个个摇摆着的彩色笼子
不就装满了从诗河里拎出的诗句么

诗句在情人坡欢快地奔跑跳跃
所经之处，
月季花开了，粉团开了
粉团说自己是雪，与诗歌同颜色

珞珈山车站太妖媚了
你看那赶路人蔷薇沾满了身
车门爬上来的花　不用刷卡
只刷一车的惊讶

音乐厅找了个心仪的地方
与东湖促膝而坐
拿出鸣琴弹一曲高山流水吧
子期不在？子期在么？

诗歌拍拍音乐厅的肩
让我做你的琴弦吧
千万不可碎了瑶琴
知音正在此山　春风满面。

写于 2024 年 4 月 18 日，
情人坡，珞珈山车站，月湖音乐厅观后

子非鱼

一个叫多奇的少年唱了一支歌
唱醉了一池鱼

一群校友立马撒出大网
争相打捞听歌听醉的鱼

情谊作酒摆好在桌上
笑声作柴炖了一锅醉鱼

有人说这鱼吃了会不会变傻
不敢吃不敢吃

有人说这鱼吃了会增长智力
快吃快吃

校友们还说
吃了醉鱼会念出一首首醉诗

天空传来一个声音
子非鱼，安知鱼之……

会唱歌的多奇是珞珈山走出的浪漫
他的歌何止唱醉了鱼

他能把冬天树木唱开花
把秋日的雁群唱落地

多奇的歌无须弦琴伴奏
歌声就是漓江清流一溪

叮咚的溪流穿山越岭
沿途的鲜花便开满大地

歌声会牵着你迷茫的灵魂
带你穿过人间烟雨

珞珈鉴湖的鱼早已翘首张望
等少年环湖吟唱一曲"子非鱼"

写于2024年4月24日，诗记青岛趣聊

烟雨飘过　蹄声嗒嗒

我寻找珞珈之魂
在山之巅，在樱之下
忽而烟雨飘过
犹闻蹄声嗒嗒

循声追寻而去
惊见浪涌赤壁东坡蝶化
芒鞋竹杖为马
那位探索地星奥秘的学者
他的坐骑蹄声嗒嗒

蹄声踏过的地方耸立起一座学府
黉门高耸让一座山熠熠生花
《死水》里走出的诗人提笔为山赋名
从此有山如玉，名为珞珈

东湖的涛声与赤壁的涛声连成一片
浪声中出现一位风尘仆仆的老人
辞别战场坐骑命笔为马
从此流风甚美隐约着蹄声嗒嗒

披一蓑烟雨走来一位少年
接过诗人的笔为赋珞珈
少年是东坡蓑衣里流淌的诗意么
怎就点画出了珞珈清香四溢的灵魂
一座如玉的山从此绝代芳华

我看见黄冈东坡处走来的何止东坡
赤壁赋的刻刀又刻雕珞珈
学者拴过坐骑的大树
摆渡着日月星辰的时差

黄冈武大
赤壁珞珈
两山乎　一山乎？
忽而烟雨飘过
犹闻蹄声嗒嗒

写于 2024 年 4 月 27 日

放飞

在这个所有都不属于我的季节
唯有我的爱属于我

放逐它，不让她再挣扎
让它在天地间自由翻飞

我用牙咬断它的线
不拉它回还

飘落到一个繁花似锦的地方
或者一个泥塘

我心疼或者我喜欢都没关系
只要爱，喜欢

飞翔的爱也不属于我
她只属于她自己

写于 2024 年 4 月 28 日

送别

真的要走了么
窗外下着雨
一只蝶儿在玻璃上
展不了翅

遥远山坡上的野花
那一群牛羊
风儿流连在山谷
爬不到山上

沙枣花挣脱时针的利剑
启芳唇吻不到错过的情郎
送你十里花香
和雨湿了的翅膀

写于 2024 年 4 月 30 日晨

我看见　你存在

不要说你不存在
何必千层纱遮面

时空冰缝里绽放的一首诗
我看见你存在

死亡的刀刃上跪着一个阻止死亡的人
我看见你存在

山涧高悬亿万载的哲思
花草间那一只翩飞的蝶儿
我看见你存在

将我的孤独劫持到乡间花丛
萌犬摇摆着尾巴奔来
我看见你存在

梦打开房门拥抱晨雾一样的你
思念咬破茧儿在夜空飞舞
你怎会不存在

晨曦准时敲响我的窗棂
鸟儿啄破黎明
告知我　你存在

写于 2024 年 5 月 4 日，珞珈山

一只飞鸟

一只飞鸟
被轰然作响的暗夜沉寂围困
时空蠕动着
开始蚕噬它的羽翼

它的眼睛
载着奄奄一息的希望
衔起梦里的星辰大海
飞翔

穿透雨幕
扑向山河万里
眼睛与呼吸抚摸着
它最后的一根羽毛

写于 2024 年 5 月 5 日，珞珈山

都说思念绵长

都说思念绵长
如同大山深处的茶香
千年流淌

我站在群山之巅
掬一捧六堡青山十万亩
一饮缭绕千秋的清韵悠长

两叶一芽
我的思念悄隐在芽尖上
等你采摘入筐

连带叶片上的龙珠
煮一壶红醇透亮的六堡茶吧
看思绪沸腾成青烟模样

古老的故事栖息在苍梧
斟一杯红媚的春色哟
让我衔十万峰相思醉卧茶乡

写于 2024 年 5 月 11 日，六堡茶乡

我盗了庄生梦里的蝶

追寻远方
我盗了庄周梦里的蝴蝶
放飞到海子的大海
让大海与蝶儿春暖花开

把花千骨的痴念写在德天
看世间痴爱化飞瀑流泉
青山有情留不住
孤舟无意载歌还

舀瓢山泉水煮了红红的汤
举杯邀君却无应答
浇湿每一页笔记吧
我与风　与山水　与你　与茶

岑溪的天龙顶总拿云雾遮面
山坡的牛儿想与我攀谈
或许你我今生情深缘浅
千万里奔赴奈何天路难攀

读懂玉帝天书的是那一溪流水
读懂一溪流水的是羽生的笔尖
笔尖流出的是铮铮剑鸣
我就是那剑鸣铮铮　流水潺潺

写于 2024 年 5 月 14 日，广西旅游归来

采一朵山花投放入溪

采一朵盛开的山花
我投它入溪
希望它从你的身边流过

它缓缓流过
花香上岸
挂在树梢挂在青青草尖
而你嗅闻不见

它缓缓流过
停留沙滩
鸟儿喜欢风儿喜欢
可它已碎作花瓣

花儿的一生如此简单
盛开，残碎
万物依然
流水潺潺

写于 2024 年 5 月 18 日

让我与你狂欢

我是我自己的盛世
你是我盛世的孤独
今天
让我俩狂欢

从假面舞会逃离
骑一匹汗血宝马飞奔天山
斟一杯李白的明月
醉舞翩翩

乘三万里长风渡河
弯弓射箭
推倒抢功的后羿
将九个太阳摞在船舷

掀十万重黄沙成海
你我不在海边
对坐海间那个通天大道
我与你扛着笑声攀援

持千峰绝云利刃
刺穿暗夜无边
携满天星月浪迹寰宇
在太虚堆一座你我梦里的仙山

写于 2024 年 5 月 18 日

从此　我就是大漠的王子
——为陈晨新疆哈密魔鬼城照片题

从现在起
我就是大漠的王子
我将骑上那匹双头神马
向遥远的时空飞驰

我将指挥飞沙走石
奇鸟神兽
在我的挥手一指间
缤纷起舞　笙歌四起

沧海退潮　桑田沙砾
看时光成化石
地星上的火星
与我促膝

聊聊宇宙向哪逃离
用思想搭个钻出黑洞的梯
给神龟插上翅
去太空之外踏寻未知

大漠的夕阳点燃了硅化木
孤烟牵走我的思绪
当亿万个日暮跌落沙漠
我将我的诗
从星宇的地平线
举起

写于 2024 年 5 月 21 日

今日小满

今日小满，今日 520
为你写首情诗吧
却不会给你
我把它，埋入你的土里

等到一种弯腰拾穗时
那沉沉的麦穗会告诉你
我当初埋下的
是怎样的话语

季风正在破译飘浮的云
却穿透不了我的暗喻
沉入泥土的诗句
只等小满时节的雨

写于 2024 年 5 月 21 日

邕江上的萨克斯

萨克斯的乐音漂流在邕江
那演奏的男孩
一曲
又一曲
唤醒了一船淡淡的忧伤

一座桥从头顶飘过
缠绕住我心头飞扬的落花
霓虹灯闪乱我与天空的链接
漫天思绪凝聚如月
月光如水洒落

邕江之水流作苍梧西江头
谁见独醉独醒东坡
呼道士取琴月下弹
叹苍梧滩涂
不见楫舟还

邕江上的萨克斯随水流淌
载一船的幽思
天空漂来的七彩桥
古时楫舟明月
流向远方

写于 2024 年 5 月 25 日，忆南宁邕江夜游

可不可以这样爱你（2）

我看见清澈的明眸是你
明媚的春光是你
不要让我与你偶遇陌路
我的相思树上会挂满朝朝暮暮

我看见与李白同饮的有你
与明月同醉的有你
不要用你的背影生成万水千山
我的思念会遇水搭桥逢山开路

我看见奔涌的江河上有你
皑皑的雪山顶有你
不要说我是天地间一个弱智的花痴
我只会三千弱水啜饮一滴

我在琴台的乐音中没找到你
樵夫的耳畔没听见你
不要诧异我转身离开
一路溪流吟诵的是我伤感的情诗

当我看见清澈的明眸是你
明媚的春光是你
让我采一朵冰肌雪魄的栀子花
送给你

写于 2024 年 5 月 27 日

可不可以这样爱你（3）

我的生命之杯已经溢满
我的爱
追逐着江河奔腾
悄绽着春花摇曳
时而电闪雷鸣
时而化作朝露

我的生命之杯怎么盛得下哦
我对你的爱天马行空幻化无穷
它穿越四季
你怎能捕捉到它
你四时季风变幻
我的爱花开鸟鸣，日落月升

漫漫冬夜行走的你
可否看见那漫天繁星
我途遇的孤独旅人啊
可否感受到你身旁的春花春风
你这飘飞的云朵哦
请看水中那丽影是否与你相同

夤夜孤灯，野渡舟横

秋叶朝露，星稀月明

我的爱来自小小的宇宙洪荒

浩瀚的无边心境

生于朝朝暮暮

藏于山高水长

此刻，我为长亭古道芳草

我为山林一曲笙箫

你车辙写下的两行诗情

我邀百鸟衔上我心的林梢

我本大漠一簇小小的孤傲

等风卷万里我与你策马长啸

写于 2024 年 6 月 8 日

我欢乐成一片叶子

这是个儿童的节日
意外地遇见
青青的玉米地
我欢喜成了风中的叶子

哪怕你用天衣紧紧裹身
我早已偷窥了羽衣中的你
一粒一粒，清香饱满
一如我之爱你

一簇簇彩须是你盛开的喜悦吧
我早已悄摘了你一缕笑意
那么嫣红，柔美艳丽
一如我之爱你

风轻轻吹来
天与地悄掩着你的丰盈
酝酿着欢悦的清寂
一如我之爱你

我把惊喜装满衣兜
在田野与风赛跑
衣兜的笑声洒落一地
我欢乐成一片叶子

写于 2024 年 6 月 3 日

雨帘(十四行诗)

假如电闪雷鸣阻拦了你的脚步
我宁愿我的天空大雨如注
冲断疯长的盘根错节的遗憾
让你我相望于这如瀑的雨帘

雨幕遮不住兀傲的千峰万仞
我的目光穿不透这霸蛮的石岩
你看这雨将天与地链接
我的思绪在天地间淙淙潺潺

我要把沉重的翅膀化作轻叶翩翩
让每一滴雨都绽放成花的容颜
我会用笑声吹散云层让光穿过
将久酿的诗情斟满杯盏相遇的瞬间

请静静的等哪怕风未停雨也未住
你看一叶轻舟已穿过如雾的雨帘

写于 2024 年 6 月 16 日

造句子与造汽车

一个造句子的人
参观了一个造汽车的地方
他背了一背包的句子
想在造汽车的厂房组装

一只机械手抓了一个轮胎
另一枝机械手抓了一个翅膀
巨擘们都忙着给汽车装上钢铁的梦
摆着手谢绝安装语言
造句子的人羞愧难当

组装好的梦想一排排闪亮出厂
造句子的人钻进梦想命它起飞
可它说它只是一扇门
只负责开合
不负责飞翔

背着一背包的诗句
学李贺骑驴浪游吧
穿过一帘瀑布
诗句或许只需轻敲月下门
自己就能组装飞翔

写于 2024 年 6 月 21 日，广汽埃安观后

再游黄埔君澜(鹤鸣居)

我要翻开你用山水写就的历史
看你是一个温润如玉的酒店
还是一只日月轮值的行船
否则云朵怎会栖息你的屋檐

鸟儿用翅膀切碎山顶的太阳
光影在水里闪烁着你的远方
一只鸣鹤把青山衔上你的肩
古老的黄埔故事也坐在你的船舷

我随几位诗者将醉句投落入水
飞瀑却溅李白的豪情湿我衣衫
此刻鹤鸣呵呵，于野于歌
于这史册般的山河

左看你大海扬帆
右看你鹤鸣山巅
日月描绘了你的一个传奇
我却推开画舫舷窗与你昼夜闲谈

写于 2024 年 6 月 21 日，黄埔君澜鹤鸣居

我只是一个铅字

（2024年6月20日，《广州日报》的张强先生邀请我们珞珈山来的一行六人，参观了广州日报社的旧址，现在的广报阡陌间文创园区。广报旧址的华丽转身令人惊叹，履新不忘旧的情怀让人感动，园区的灿烂前景令人充满遐想，遂提笔写字几行，以志此行。）

70多年前的珠江畔
有一方情系一城的纸砚
它如一只凌云的凤凰
日日广报着满城的日月变幻

我只是广州日报上的一个铅字
凤凰羽翼下的一支羽毛
凤凰已在时光之火中涅槃重生
我便是一个古老的沉重

拖着迟缓的身躯行走在广报阡陌间
曾经的采编楼已不识我的面容
据说这里进驻了一个新时代
视我如一个笑话般轻松

楼外墙上还贴挂着我们的曾经

每个办公间都光影飞动

这阡陌如此寂静

这阡陌如此沸腾

我是你曾经的信手拈来

你是我记忆中的炫酷舞台

我是你曾经的风雪夜归人

你是我渐行渐远的绝美恋人

我只是一个掉了队的铅字

在广报阡陌间泪别你的远行

我愿静静地悬嵌门廊之顶

日夜守望着变幻莫测的我们的时空

注①《广州日报》创办于 1952 年。

注②在广报阡陌间入口的长廊顶上，镶嵌着很多很多的方方正正的铅字。

写于 2022 年 6 月 20 日，广报阡陌间文创园观后

向天歌唱

你是寰宇最明亮的星辰
你是世间最清澈的眼睛
你是跋涉在时空隧道的旅人啊
你是刺破幽幽暗夜的黎明

拔长剑你斩断我可笑的短视
入苍穹你让我看透人间迷雾重重
哲学家企图用思想擦亮人类的双眼
而你，直接给人类换了火眼金睛

有一个人会感动另一个人
有一座城能感动另几座城
有一弯月能唤醒大地的潮汐
有一缕光能遥遥感动整个星空

抛一束束天光
你让人类走出蒙昧
奉 800 万真金
你洗净人间三千丈红尘

你不是西天求经的苦行者
我也做不了紧紧跟随的神马白龙
我只是一个低吟浅诵的歌者
今天我为你举首向天歌诵

写于 2024 年 6 月 25 日
（有感于李德仁院士的巨大成就与高尚人品）

我的小舟花开四季

最孤独的时候
是我最繁华的时刻

四野荒凉
而我的四季正在盛开

每朵花都摇曳成文字
风把它们串在一起，憨态可掬

每行字都头插鲜花乘着孤舟
我的爱划着桨

到彼岸，到星河
或到天山明月下

到你的面前
把花儿送给你

你看不看得见　没关系
我的小舟看见了你

你接不接得着，没关系
我的小舟经过了你

你在不在意，没关系
我已将花儿抛给了你

我飘荡在静寂的原野之湖
我的小舟里花开四季

写于 2024 年 6 月 28 日

你是这山水间最美的情郎

樱花烂漫的时节
谁与她在山间擦肩而过
她的飘飘长发
缭乱了谁的青春年华

是谁将年轮画了又画
是谁诗句如雨如花
春冬秋夏
几度淋湿了她飘飘的长发

一个人的长情如何告白
许是一座山的冬去春来
一个人的情深能有几许
它晕染着山林的每一片叶子

这爱是在何处发酵一年又一年
终能拨动山水间的五根琴弦
流水汤汤　四方和唱
有美迤逦，婉兮清扬

樱花树下走出那么多长发飞扬的美人
轻吟浅唱便为你倒转了时光
一纸笔墨眼波，浪漫了一方山水
你就是这山水间最美的情郎

写于 2024 年 7 月 5 日

九月秋凉

九月秋凉
这凉来自空调
我躲在秋凉的房子里
看自然世界　那么热　那么凉

熔岩冷却　生物出现
比利牛斯山雪野的那只胡鹫
贪婪的俯视大地
在这里上演着惊心动魄的故事
漂浮在海上的椰子发了芽
之后，故事漂浮在海上

生命无限轮回
亦如 2002 年的第一场雪
来到了 2024
再一次把温柔和缠绵重叠
中秋也会按时到来
那颗星很圆很亮
一定是我的天山明月

屏幕里秋叶飘飘

四季总在不停蝶化

飞雪化蝶　黄叶如雪

而你还会再次翩翩归来么

假如爱是蝴蝶

假如爱是飞雪

假如爱是天山明月

其实我多么希望爱是

四季轮回

山河万里一望无涯

只要那漂浮在海上的椰子还会发芽

就等你千万个轮回吧

静静看秋风落叶

那棵树上的花儿又开了

写于 2024 年 9 月 3 日

你的花园就是你的渡船

你的花园就是你的渡船
看红珊瑚藤爬上绿植之巅
把开花的秘密朝蓝天全盘泄露
偷窥的白云不小心撞响了风铃
于是你来巡视你的花园

穿过黄色的雏菊和玉吊钟
文心兰的清香让你忘却了烦忧
淡紫色的蓝花藤想牵住你的衣袖
多情的月季趁机偷吻了你手中的书签

你看大眼大果这俩学究范儿的猫
模仿主人大眼施绝招
卧在书桌上翻着古书喵喵朗读
假装读懂了主人的那篇辞赋
大果却扭到粉色的石莲花旁
肚皮朝天对正在歌唱的高冠鸟说
看我也有一肚子辞赋诗歌

不知是不是一滴墨就能开出一朵花

铁线莲　飘香藤极尽委婉

嘉兰百合与三角梅合谋

将燃烧的诗情演绎成凤凰蹈火

花儿灿烂着你笔尖滴落的现在

也摇曳着你双桨划向的未来

何尝不是满舱芬芳的渡船

珠江水潺潺，星海光漫漫

不载李清照的许多愁

不载夜半钟声

烁烁的星辰已经载满

麝香百合熏染的辞赋书册已经载满

你立在船舷

使君子散发的幽香鼓起了芭蕉风帆

载一船星河灿烂

洒一路馨香花瓣

抛一缕紫藤作缆

系舟明月畔

学究猫邀玉兔同船

写于 2024 年 9 月 6 日

你真的是一匹天山荒漠的野狼么

那天，
当我慌乱的心无所归依
我像那冰河里面临棕熊的沙鸭
我坐立不安找不到那只小船
隔屏
走来了我儿时同桌的你

当所有的同桌都在唱着
谁把你的长发盘起
谁为你做的嫁衣
我的同桌却对我说
请把你的筷子拿起
点穴请用点力气

你没有仗剑天涯
也没有悬壶串百家
你只用一根竹筷
便点出一个奇妙的陷阱
里面跌落的是慌乱了的天涯

271

从此我的心溪缓缓流淌
不急不躁
我的喜悦翩翩飞翔
有亮有光
而你如同一个送罢喜讯的行者
转身去了大漠孤烟的地方

你自诩为天山戈壁的一匹狼
或许真的是呢
你孤独地行走在中医外治的荒漠
将一个个路遇的魔兽征服为羔羊
你真的是一匹西北来的狼么
所过之处
病魔不见，花儿芬芳

写于 2024 年 9 月 12 日

我用食指托住昨天的落日

（2024年9月22—30日，应武大中文87级建军的热情相邀，我们一行5人开启了令人难忘的宁夏之旅。其间，受到了建军及家人极其真挚热情的款待，其情感人至深，令人永志难忘！写宁夏游诗一首，记录行程，也算是另一种回馈吧。）

我用食指托住昨天的落日
把它反复送回东边
你便知道我驻足在什么地方

览山公园带我走进古罗马斗兽场
沙湖的天鹅追逐着快艇
贺兰红灌醉了那座城的红高粱

黄河之水繁茂了这里的万家水木
贺兰山的岩画听得懂羌笛
孤烟与落日在河流与杂草里顽皮地嬉戏

谁驾驭着光影而来
云彩幻为他的双翼
他的足迹就是这片土地新写的诗行

玻璃栈道上奔跃着傻傻的欢喜
沙坡头滑下的歌却没滑进羊皮筏子
爬上山楂树红枣树你摘下了月明星稀

白蜡树摇曳着金黄色的神秘
薰衣草馨香了淡紫色的发梢
腾格里沙漠我的浪漫在狂野漂移

古长城静悄悄躺卧在路边的草丛
偷采一把清香的风滚草吧
待大风起时
让我的爱与这奇妙的风滚草
风滚在一起

写于 2024 年 9 月 30 日，宁夏

荒芜

当我的心田再也长不出玫瑰
心河再也没有清流潺潺
我的心空不见鸟儿飞过
耳畔不闻风的私语
那就让我荒芜

那场枯黄的草原
骆驼草飞过的戈壁
冰雪覆盖下冻僵的梅香
被鸟儿足迹缝进叶脉的思绪
让它荒芜

我与你这荒芜相扶相搀
冷冷的月光下摆个棋盘
你输给我
我输给你
只有月光赢了这荒芜的棋盘

写于 2024 年 12 月 15 日

你是否在塞纳河左岸

那年，
埃菲尔铁塔旁遍地黄叶惊艳了我
它们自由翻飞
落在草坪，落在路旁的长椅上
如同一个个自由自在的老人
在草坪休息，在长椅上晒太阳

今天
你，是否在塞纳河左岸
浪漫与自由在河中奔流
璀璨的文化盛宴耀得人睁不开眼
看屋顶跳来跳去蒙面人的圣火
除了让对岸卢浮宫画框里的名人挤向窗口
是不是也让毕加索在窗口惊呆
海明威也从座椅上站了起来

蒙娜丽莎已浮出水面
是不是也想到月球旅行一番

十位女性像太阳一样升起
女骑士的铁马跨过塞纳河入会场了
可是奥运的五环旗却有点调皮
它淘气地倒着爬升上去！

五环的序幕像一首浪漫派的诗
每一个瞬间都欢跃着诗意
古老又年轻的塞纳河哦
你容得下千重花开万丈红尘
伟大与平凡相拥而行
历史与今天共生一河的盛筵

那年我在秋叶长椅上坐了很久
可惜没到左岸的咖啡馆
今天你是否坐在多情的塞纳河左岸
捡一片落叶
写一首画着五个环的浪漫诗篇
给雨果，或者加缪，看看

写于 2024 年 7 月 28 日

恰似我欲说还休的笔尖

新鲜的海岸
海浪与海鸟翩翩
还有我起舞的喜乐
和那只白胸翡翠鸟儿
都沦为岁月垂涎的美餐

涌溢的诗情坐在吊篮
攀上白云晚望的山顶
却见朝阳正灿
云雾里的广州塔若隐若现
恰似我欲说还休的笔尖

你的夜美过白日
月牙弯弯，金星烁烁
一行诗句正在青山秀水间裸泳
鹤鸣于皋
惹一场流星雨闪坠眼前

我行走在这烟火斑斓的人间
拈一朵闲花　你馈我一场春雨
耕一纸情诗　你贻我漫天繁星
掬一汪山泉　你醉了我驷马难追的词句
驭一轮新岁哦　你已赐我鲜花满城

写于 2025 蛇年新岁，广州黄埔君澜酒店

在那诡媚诱人的春天

你从来不会让我的欢乐溺水而亡
你会拍打着石岸与我同歌
你不会让我的爱落寞成青苔
你会让情诗开出花朵

你会让我的愁绪作清风飘散
我的歌伴鸟儿衔枝做窝
命芦花等我在岁月斧凿的湖岸
一天天将青丝霜染

我一路的诵吟都变成色彩斑斓的画卷
白日的残月携我共嗅一树梅香
湖岸的夜鹭替我沉思
用傲世的沉寂筑一方红尘客栈

我栽的木槿花依然绽放在路旁
又栽遍地山花在那个四季摇曳的山坡
365 朵情诗为你开满山川
等你一朵一朵采摘吧
在那诡媚诱人的春天

写于 2025 年迎春的日子

第三辑
还恨春风不多情

北上短歌

秋分时节　终得所望
挥鞭踏镫　策马北上
左有珈山　右有朝阳
前路漫漫　熠熠远方
黄河水急　浩浩汤汤
长安塔高　有雁来翔
岐黄故里　走马庆阳
塞上江南　沙海勒缰
我之来兮　临风举觞

写于 2024 年 9 月 22 日，
赴宁夏旅游途中

少年行

少年笔底种花时
马蹄又踏贺兰石
览尽山中奇瑰景
读遍岩崖千岁诗
灯前笔卷千层浪
星下鞭驱万里骑
洛阳城里花漫漫
走马芳丛不折枝
策骥奔跃向天山
欲与明月比高低
宁夏九月风光好
王维诗情香马蹄
浩浩长河落日美
渺渺大漠孤烟直
曾踏独库深深雪
再赏沙坡星月稀
今日举觞为君饮
一醉他乡为故知

写于 2024 年 9 月 26 日，宁夏银川

八声甘州·一湖秋色半湖山

看一湖秋色半湖山，碧云在天游。柳伴荷塘老，芙蓉渐落，花坠船头。才叹红衰绿黯，满眼物华惆。又见枫红处，堪扫前忧。

疾步登高眺远，望青山隐隐，舟泛中流。总风撩雨润，蓊郁惹淹留。念故人、远方可是，梦几回，共赴画中游。此时我，朱帘卷处，正系离愁。

写于 2023 年 10 月 22 日，巡湖归来后写

薄雾慢慢散去

(仿老树体)

薄雾慢慢散去，
秋叶一路红黄。
欲采芙蓉一朵，
差点跌落荷塘。

写于 2024 年秋

寒溪梅

衔烟鹭鸟飞，
撩雾钓舟回。
岁阑独相友，
寒溪影照梅。

写于 2023 年岁末

南沙行歌

南沙山水美
万亩湿地渺
小船水上行
红树岸边窈
河水十八弯
弯弯掠飞鸟
苍鹭惊枝去
鸬鹚扑面扫
芦苇深深处
风摇野鸭吵
海柳拂面过
波光乱竹篙
原野步道幽
竹影摇曳好
一望伶仃洋
船只往来早
此景疑在天
人间相见少
今此一别去
总念南沙岛

写于 2023 年 10 月 16 日，
船游南沙万亩湿地有感

长歌当酒·别嘟嘟

（有感于同游北疆的嘟嘟今朝返程回杭。）

行走天涯去
随行一小妞
眼藏千秋月
身高平山头
气概冲万里
笑声云中游
吃喝百般事
一码扫千愁
兴来雪中舞
情至诗不休
晚来捧热茶
晨起递石榴
今晨离别去
顿教泪双流
何时再逢君
相拥笑白头

写于 2023 年 9 月 24 日，
乌市亚馨酒店 715 室

长歌当酒·送别少年

（少年五元今晨返回广州。）

浪迹天涯形影随
少年天性更有谁
峡谷挥鞭飙骏马
独木错步不皱眉
一望麦田灿无边
连连麦垛入云天
跃步飞身金垛顶
欲与流云叙温寒
雪花雪花飞满天
大步流星向山巅
冰水雪雨鞋跑断
一点红衣任天蓝
喀纳斯河弯复弯
岸上奇木似龙盘
何来飞狐缘古木
绿叶丛中隐少年
青青草原羊满坡
无奈铁网铁刺多
低头俯身爬行过

惊走旱獭急钻窝
安集海道大峡谷
百丈深渊风狂舞
为摄涧底雪水河
探步悬身如壁虎
角度变幻拍摄急
图美似出无人机
颠簸车上做分享
瞬间视频到圈里
北疆处处故事多
历史缘来细琢磨
熠熠文勺捞旧事
天山岁月不蹉跎

写于 2023 年 9 月 24 日 12 时，
乌鲁木齐亚馨酒店 715 室

祝寿歌

翩翩珞珈少年郎
和中先生出书房
笑颜灿烂迎七秩
京城弟子聚一堂
先生学富五车余
种下桃李百千行
学海引航渡学子
书斋挥墨著文章
身追青竹节尤高
心逐雪梅品自香
门下鲲鹏振翅起
屋中燕子总绕梁
兴至趣行万里路
闲来爱穿靓唐装
举步清风摇玉树
挥袖草木传远香
寿随珞珈松柏翠
福如江河流水长
春去秋来年复年

风轻云淡好时光

待得千秋期颐日

花烛美酒醉琼觞

写于 2023 年 10 月 28 日，北京

注：屋中燕子句：李老师夫人小名燕子。此句意为：李老师的学生都一个个如鲲鹏振翅高飞了，但是李老师身边总有只小燕子围绕身边。

樱花城堡美人歌

（昨日与珞珈美女教授邓悦一见，便被其美貌与才情所惊艳。其容颜唯有樱花可拟，其才华兮宽广如东湖。樱兮樱兮山之灵，有美人兮樱之顶。恍惚之间，似乎已岁至春月，一株明明艳艳的如雪之樱，正妩媚在朱漆窗棂……遂作樱花美人歌以记之。）

珞珈樱兮漫山栽
如云雾兮花成海
红窗灰墙兮琉璃光
樱花城堡兮美人来

美人铺卷兮书瑰词
纷纷瓣蕊兮舞迷离
芬芳馥郁兮城欲摧
嫣然一笑兮两相惜

鉴湖水兮秋波荡
一瞳碧水兮剪涟漪
樱顶巍巍兮谁为悦
才女粉樱兮两相宜

琉璃瓦兮瓦楚楚
莲步轻趋兮向老图
孜孜无倦兮诲弟子
笔下风云兮卷新笛

簧舍之山兮山烨烨
珞珈樱顶兮樱如雪
美人一悦兮春风起
樱花美人兮两相携

写于 2024 年 2 月 4 日，立春大雪纷飞日

294

珞樱（回文诗）

樱作雪舞漫枝轻

色拥雩裹淡复浓

风寻花径香摇树

空濛微雨春来争

写于 2024 年 2 月 29 日

醉花吟（回文诗）

幽香醉客远

冷霜落枝寒

愁卧暮云落

色点晚霞天

楼帘卷风凛

疏蕊探月阑

稠花乱影动

雪梢吻魄悬

流照思君梦

拈卉心自闲

写于 2024 年 2 月 29 日

歌珞珈白玉兰

窗外谁窥帘内思
风阑香幽舞蝶低
倚山亭亭高洁木
悄惹流云走梢隙
分明三春花开艳
却似一夜雪满枝
银樽玉盏向天斟
溢举日华醉饮诗
劝君赏英须趁早
莫待芳逸举杯迟

写于 2024 年 3 月 14 日，珞珈玉兰花开时节

珞珈有樱

珞珈有樱
皎皎其形
漫漫灿灿
在彼其山
峰眉水眸
霞袖云衫
玉颜点翠
素语盈盈
怜之惜矣
我心嘤嘤
旦夕思兮
萋萋蒙蒙

写于 2024 年 3 月 21 日

天山明月（1）

一入天山万千重
丹霞如火映日红
夜转山径明复暗
幸有镰月正当空

天山明月（2）

云岭重重复重重
山谷寂闻林间风
忽而车停人不见
举手正摘满天星

写于2023年9月21日，

天山暗夜

天山明月（3）

中秋丹桂香溢远
天外山月色苍茫
可怜今宵盈盈夜
无计幽涧捧落霜

写于2023年中秋，藏龙岛汤逊湖边

珞珈三侠新疆探险游

时值秋来九月八
哈密飞降探险家
无人险区大海道
坦克过处尽飞沙
通天洞，双头马
火星地，绝望崖
沧海桑田雅丹貌
火燥风狂无渡鸦

转来七剑下天山
两对情侣三人单
峰峦叠嶂乱云起
沙山突兀马蹄掀
爬爬爬，向山巅
飞滑直下转瞬间
芦苇丛中多美女
黄沙窝里人笑翻
巴里坤城粮仓好
汉城门前得胜还

哈密新龙驾车飞
火焰山前行者谁
蹈火何须巴蕉扇
一驾四人日月追
交河故城故事多
土城土墙千秋河
耳旁时闻塞下曲
土巷犹听捣衣歌

路上欲寻艾比湖
寻来寻去迷了途
偶遇胡杨涌热泪
沙丘一拥三生足
果子沟桥横山涧
钢索映日连连看
伊宁夜色蓝复蓝
疑似步入童话篇
可叹新龙急回返
何时再续伊犁缘

聂总坦克三百来
一日千里不徘徊
走马观花葵花地

将军府里叹情怀
赛里木湖泪一滴
水蓝天蓝白云低
天鹅海鸥戏云水
西行游侠醉成泥

霍尔果斯夜辉煌
巍巍国门正气长
沿途葵花花开好
香瓜甜瓜一地黄
伊昭公路在高山
山在袅袅白云间
两千六百海拔上
右手悬崖左巉岩
浓浓云雾前阻路
幽幽暗夜后追前
扬尘天山野狼谷
牛羊满坡好悠闲

晨起匆匆赴马厩
汗血宝马扬蹄秀
嘶鸣昂首跃千里
古今中外美名就

昭苏湿地麦垛圆
垛顶与云攀温寒
天马浴河腾云起
弼马大圣可在先
夏塔峡谷马踏泥
马上少年着红衣
秋色摇曳铺满山
抱得深秋不忍离

特克斯分八卦城
离街湛蓝梦朦胧
匆匆又上乡间路
一路山水仙境同
云遮水复疑无路
草暗山明又一程
云在山间抛玉带
恰甫其海万顷清
库尔德宁独木桥
桥上少年大步行
登顶天山阿尤赛
放牧星河杉万重
美女骑士驭马来
游侠扬鞭纵蹄声

乡间牧道追余晖
苹果林间香归宗

天朦胧，雨交加
小师弟率仨游侠
双车飞驰那拉提
空中草原美佳佳
碧草丰美羊满坡
雪山巍峨银光洒
大型雕塑养蜂女
凝眸眺望远方家
载歌载舞大师姐
美轮美奂美若花
大快朵颐馕坑肉
维汉同胞如一家
（本节12行为嘟嘟所写）

晨步奇遇河流急
美轮美奂巩乃斯
阳光雪山草原美
一人一犬伴山溪
独库三千海拔高
车醉半山手叉腰

恰似护山护花人
不服请君往下瞧
聂总坦克走偏峰
雪山皑皑独库中
少年喜登雪山顶
铃子雪地留姓名
聂总嘟嘟酷又嗨
载歌载舞跳摇摆
旱獭惊走钻窝去
从此不敢出洞来

转身直指布鲁克
九个太阳照情怀
说时迟兮那时快
车攀山顶眼界开
九曲回环十八弯
湾湾阳光亮闪闪
山坡羊群如珍珠
一颗一颗滚璧盘
晒经岛，通天河
尽在巴音布鲁克
唐僧师徒身影杳
游侠步履不蹉跎

百里画廊唐布拉
山高云闲水哗哗
傍山公路走牛羊
临水古木有人爬
潺潺流水不停歇
似我青春好年华
筑路烈士丰碑立
英名一百二十八
熠熠雪峰高万仞
英雄本色雪中花
凛凛独库冬幻夏
春秋色炫转瞬加

安集海，大峡谷
少年何惧风狂舞
为摄涧底冰水河
悬步探身如壁虎
半山野果野树多
坦克三百走飞车
一路蛇行到涧底
丹霞溪涧舞且歌
爬出涧底急急行
一路狂飙魔鬼城

城中走马观花暮
铁轮滚滚碾夜声
茫茫沙滩井林立
犹如鼎鼎石油人
戈壁暗夜深如海
残灯明灭落星辰

百里丹霞天山路
再入峡谷野花纯
断崖采得蔷薇果
也入心脾也入魂
荒岭野谷水拍岸
私闯禁区路漫漫
少年戏水不畏寒
沿河苦寻石头蛋
丹霞怪石瘦嶙峋
攀崖还看摆渡人
山海可平笑看我
男儿凌云万丈心
登高一览众山小
平湖一汪摄影真
一路喜帖挂树梢
不闻沿途车马嚣
牧屋窗里人不在

美丽姑娘声悄悄
一入天山万千重
丹霞如火映日红
夜来山径明忽暗
幸有冰轮正悬空
暗影重重复重重
山谷死寂静无声
忽而车停人不见
举手正摘满天星
幸逢山涧明月夜
诗仙笔领玉轮生

天山天池入目迟
博格达峰似有知
曾经沧海难为水
除却伊犁不写诗
旧痕石上留新影
离别近处添忧思
何日再扭摇摆舞
定是再入天山时

写于 2023 年 10 月 1 日，珞珈山寓所

打油·天山独库

举首白云雪山，
俯身崖悬壁峭。
牛羊横行险路，
坦克扎堆炫耀。
满目七彩斑斓，
一路春来秋到。
海拔三千七百，
游人声声惊叫。
举臂犹恐触天，
侧目群山尽扫。
行走千万小心，
莫要踩了飞鸟。

写于 2023 年 9 月 19 日，独库雪峰

哈密情

西望天山久
御风万里行
童年旧时友
痴痴夜半迎
瓜果香浓郁
饭菜热气腾
卧房窗几净
床头明暗灯
访友车开道
相对笑语盈
欲问旧学堂
同窗双陪同
师恩如天山
巍巍耀红中
十三师部远
戈壁扬沙尘
兵团魂何似
胡杨向天擎
翩翩旧时友
一呼百相应
相拥无多语
歌舞本天成

写于 2023 年 9 月 10 日，
哈密蒲公英寓所

柳梢青·醉天涯

(新疆旅游归来，美景难忘。)

峡谷悬崖，云遮雪漫，独库阳斜。
九曲河弯，夏塔秋乱，马踏寒鸦。
旅人醉在天涯，怕回首，情真梦差。
遥望天边，夕阳如火，不见丹霞。

写于 2023 年 10 月 13 日，藏龙岛

歌京山美人谷

崇山嵌峡谷，
峻岭悬飞瀑。
古木栖飞鸟，
深潭无游鱼。
奇石炫百态，
秀水自成溪。
翠竹摇瘦叶，
孤舟卧清漪。
白云浮水底，
日华透林隙。
更有千古情，
美人浴香池。
一呼百崖应，
两两传相思。
百呼雷阵阵，
绿林古风起。
猎猎战旗乱，
万马奔腾急。
古今多少事，
任尔说传奇。

写于 2023 年 8 月 30 日晨，京山绿林景区

歌广州黄埔鹤鸣居

（2023年10月16日，入住广州黄埔鹤鸣居（黄埔君澜）度假酒店。酒店电瓶观光车载一行几人绕山湖一周6.2公里。其自然环境之幽美，令人叹为观止。恍然人间仙境也！遂涂鸦一首歌之……）

天生偏爱云归处
君为驱车兼引路
一山碧色半湖水
十里曲径穿云雾
鹤鸣声声动四野
流泉飞瀑涤岩玉
瘦竹临池羡鱼美
紫檀倒影惹荤妒
偶遇一二早行者
扰落一地花簌簌
杜牧欣然挥鞭来
停车坐看鹤栖树
李白举杯再邀月
鹤鸣声里舞醉步
黄埔峻峰拔地起
君澜水色关不住
晨起依依与君别
夜来还酿鹤鸣赋

写于2023年10月18日，
广州黄埔鹤鸣居又名黄埔君澜度假酒店

燕归梁·游古寺

向慕沩山古寺深，密印佛门。一花沩仰首禅音。金光灿，到如今。

重檐总引白云驻，听灵祐，警策文。幸得桥妪醒迷人，日暮处，倚松吟。

写于 2023 年 8 月 1 日，湖南宁乡沩山密印寺观后

长相思

长相思，黄河边
炎炎夏日汗不干
星光点点窗前洒
慈母蒲扇夜不闲
长相思，在天山
漫山飞雪雪连天
围坐小炉炉火燃
慈母烘被助我眠
长相思，在人间
慈母一去唤不还
相思情逐长江水
不停不息浪滔天
长相思，泪湿衫。

写于 2023 年 7 月 27 日，

母亲七年祭日

诗友唱和

摆渡人题图

春听蛙声夏听蝉，
小荷看遍映日莲。
但得湖鸥来伴舞，
喜叹浮生半日闲。

写于 2023 年 7 月 24 日

铃子和

未入佛门也向禅，
小荷清气惹人怜。
心随碧波迎风舞，
身系青萍伴花闲。

写于 2023 年 7 月 24 日

燕归梁·细雨薄烟

　　细雨薄烟柳色深。木槿摇新。一池荷早醒香魂。诗已醉，未成吟。

　　倚桥不晓春风老，莲塘处、立知音。任它尘世涌浊浑，总不染、片痴心。

写于 2023 年 7 月 1 日

捣练子·忆友　之一

君去后，渺无声，从此风雨各不同。唯见窗前花在树，一轮明月照新红。

捣练子·忆友　之二

枝送影，梦时惊，恨抱残书到五更。彩笺渐湿谁可诉，了无鸿雁系曾经。

写于 2023 年 7 月 19 日

蝶恋花·大冶筑园

大冶筑园为太史，
碧水青天，画栋雕梁起。
月落日升无尽已。江河远处云山洗。

修水涪翁孤影立，
望断天涯，何处寻知己。
张耒少游昔四子，东坡还醉江烟里。

写于大冶黄庭坚文化园瞻游归来

蝶恋花·无系

无系孤舟烟水渺
雾罩云遮，看锁河边草
秋雨汸汸秋色少
秋风阵阵惊归鸟

了了寒蛩霜作袄
铁木凛枝，恰似龙舞爪
何处青峰闲影好
小艭旋波芦花岛

写于 2023 年 7 月 25 日

蝶恋花·梅

疑似梨花凛雪绽，

晓梦残烟，凝砌玲珑瓣。

枝老不随春色漫，孤香轻绕疏风断。

月照冰魂清影伴，

顾盼天涯，倚栏人不见。

独采梅芳作酒换，一杯饮尽人间艳。

写于 2023 年 2 月 2 日

鹊桥仙·水岸梅

清寒凝露，水烟笼岸，一树梅花正好。痴情多在叶梢间，但无计、总嗅芳草。

清波摇影，鱼衔浮梦，念念不曾情了。世物沉醒自有时，又何怨，枝残香杳。

写于 2023 年 2 月 16 日

柳梢青·雾卷残红

雨骤雷鸣，竹折花落，雾卷残红。
笛怨幽篁，晚来别韵，一扫归空。
春风一诺相同，花谢了，难寻影踪。
大漠沙狂，天山峰险，再起啸飚。

写于 2023 年 4 月 22 日，风雨后

梦弃红尘

谁与拂袖俗尘
弃绝酒绿灯红
朝随山涧流水
夕赏一弯月明

妾愿与君同行
飘然袖舞清风
晨携流云溪步
暮听花落几声

醉扶银河将倾
卿且提篮接迎
一漾冰魂半湖星
再捞三声蛙鸣

草舍茅庵流萤
唧唧啾啾虫鸣
竹送笛箫袅袅
枯枝红叶点灯

写于 2023 年 11 月 4 日，岛上秋夜

长相思·忍见红枫

长相思，古桥敧。忍见红枫落满溪，飘逸可似伊。
长相思，露湿衣，梦柳折折千万枝，问君知不知。

写于 2023 年 10 月，北京，
癸卯残秋

鹧鸪天·谁泼秋色

谁泼秋色染珞珈？梧桐枫叶色驳杂。漫坡光影惊飞鸟，一碧幽潭浮落花。

琉璃瓦，紫窗插，巍巍黉舍入云霞。晚来灯火胭脂漏，倏尔红狐戏渡鸦。

写于癸卯，暮秋于珞珈山

沙湖秋思

风凛寒冬日　　琴园会君时
御风数十里　　辚轮百转疾
蒙君多偏爱　　拙句不弃离
感君相念久　　礼奉涂鸦诗
一见惊如故　　山高水浙浙
伯牙琴声远　　子期冢草萋
梧桐雨瑟瑟　　堪为诉秋思
临池荷研墨　　折木笔为枝
清渺铺玉笺　　商风诵新词
不喜车马喧　　独爱山水蹊
相知无多语　　笑馈桑蚕丝

写于 2023 年 11 月 13 日，藏龙岛

题图·有水漪漪

有水漪漪，有草萋萋，少年既来，胡不欢喜？
秋水脉脉，晨雾迷离，执此霜叶，胡不心怡？
水杉嫣嫣，寒商绵绵，亭亭而立，胡不欣然？

写于 2023 年 11 月，珞珈三少年来藏龙岛赏秋，留照题图

闲思星月

地月倘若拥吻
会否天倾地焚
双星如是分离
会否痛作砂砾
亦步亦趋金轮
会否熔岩雨纷
漫绕银海行船
会否暗夜无边

寰宇洪荒漠漠
无际无涯星河
湮灭抑或重生
悠然飘逸蹉跎
有光熠熠烨烨
何须戚戚嗟嗟
月出皎兮皓兮
且向花影赴约

写于 2023 年 12 月 11 日晨

326

青山隐隐——南靖土楼云水谣题图

青山隐隐，流水绵长。

人行村径，花在古墙。

缟墙黛瓦，日月流光。

危乎高哉，古色生香。

檩椽层叠，邻佑同堂。

顶天立地，有圆有方。

流水潺潺，奔绕故乡。

东歪西斜，土楼伸张。

君兮来兮，吾心飞扬。

日月巡回，光耀八方。

身临水涘，根植厚壤。

美哉楼群，四菜一汤。

呼朋唤友，在山之央。

山清水秀，云水一谣。

草生秋岸，鸟鸣树梢。

炊烟袅袅，水车潇潇。

美人照影，石径浮凿。

绿荫更新，碑石岁老。

美哉云水，声名昭昭。

写于 2023 年 12 月 18 日，福州

柳梢青·歌定海

心定重霄，胸怀碧海，是为天骄。

眉剑削峰，眼波穿雾，锦计着高。

同书幻境游遨，得意处，台胞抢销。

幽谷松青，红尘年少，不减英豪。

写于 2023 年 4 月 23 日

（说明：30 余年前，曾与刚大学毕业的定海联手创作少年科幻作品，10 余部并 10 余年。也曾通宵达旦，也曾风生水起。台湾省买走版权一书三月三刷，作品署名"红尘少年""幽谷老人"。定海思维敏捷想象奇幻，遇事妙计百出，十年联手超级愉快。后各自忙碌停笔多年。今信手涂鸦以纪念 10 年联手之往事。）

随笔记梦

花哥闲游古楚城
遛虎何须半寸绳
转眸笑看浮云过
举步横带天下风
长袖总藏棋盘稳
短打更缚老将惊
悠哉游哉逍遥客
神兽护花妙绝尘

写于 2023 年 4 月 25 日晨

暮春念牡丹

暮雨晨风芳菲尽
红愁绿黯送流霞
念念天下谁最好
曳曳心中牡丹花

写于 2023 年 5 月 3 日晨

题珞珈山车站蔷薇花

车为行舟花为海
浪涌蝶翻一桨差
千簇回眸霞燃树
漫天举目蔷薇花

写于 2023 年 4 月 18 日，珞珈山

（2023 年 3 月 18 日，一行五人同游江夏土地堂、五里界，赏桃花油菜花……）

乡间小唱

何来游子步乡间
花径田头久流连
雪花灵犬紧环绕
艺术小哥漫聊天
桃园情动红素粉
菜畦风惊黄白蓝
一抛灯下生花笔
笑牵犬绳更天然

写于 2023 年 3 月 18 日，江夏

河边遇绿梅

（仿老树体）

晚来河边闲溜达
惊见一树绿梅花
悄折几枝清逸韵
聊作娇妻娶回家

写于 2023 年 2 月 6 日，河边遇绿梅

田园老夫的田园乐趣

两树香雪待日开，
几畦鲜蔬半坡栽。
数只奶犬寻欢处，
一众金禽正扑怀。
晴卧桂下向暖阳，
雨坐回廊状琴台。
春赏牡丹迷国色，
秋拾黄叶唤蝶来。
谁携清风扰好梦？
笑问闲云互疑猜。

写于 2023 年 1 月 25 日

打油诗说菜园

秋天已过大半，柚子摇晃眼前。

大柚又酸又涩，只作风景来观。

小柚营养丰富，欲摘不到时间。

新栽几行白菜，一早被鸟吃完。

母鸡努力下蛋，无奈狗儿太馋，

趁人不加防备，鸡蛋吞入肚腩。

人生总需忙碌，生活自寻清欢。

清风明月在心，偶尔烟火人间。

写于 2024 年 11 月 4 日

月当窗·霜天寒彻

霜天寒彻。摇落一池叶。鹭岛步风十里，尽望处、水冽冽。

惊却。暗香曳。数枝梅开烈。更怜溪中清影，且莫教、芳颜谢。

写于 2024 年 1 月 4 日

木兰花慢·池岸幽芳绽

池岸幽芳绽，疑仙遣，丽人来。或处士孤山，[①] 梅间吟诵，夙夜移栽。一脉横斜照影，似秋眸流转试琼钗。泫叹何郎未返，[②] 知音谁共花开。

看高士卧雪晴埃，幽香惹徘徊。探寒蕊玲珑，冰魂玉魄，醉透情怀。倚木不思归去，竟悄然措步欲轻摘。又恐枝间摇落，翩翩兴绪成灾。

写于 2024 年 1 月 10 日

---

① 处士，指孤山处士林逋。
② 何郎，指南北朝诗人何逊，人称其为梅花的知己。

思雪

（雪到了河南，到了杭州，到了广州……）

我问君兮君可知
雪兮雪兮我所思

我所思兮在河南
欲往从之水太寒
我所思兮在西湖
欲往从之遥路途
我所思兮在岭南
欲往从之山连山

纷纷扬兮漫迷离
雪匪雪兮思满枝
满枝相思兮作雪皑
朵覆朵兮已成灾

写于 2024 年 2 月 1 日，盼雪，戏作

凛冬随写

冻雨雕凌挂凛窗
玲珑脆叶裹寒霜
频频秀木临腰断
乱乱横枝向路伤
尽锁莹莹枝上色
悉凝淡淡蕊中香
苍茫雪野皑皑处
一场春醅正返乡

写于 2024 年 2 月 7 日晨，冰雪皑皑日

还恨春风不多情

数九冻雨挟凛风
雪落虬枝玉蕊凝
翩翩琼瑶花为泪
滴滴寒露叶成冰
香魂幽幽迎春早
粉瓣簌簌向春鸣
春风至时直须至
何故摧我枝上英
犹叹春花付流水
还恨春风不多情
摇曳芳菲处处是
几情堪似梅花浓
今朝风催花落去
谁怜傲雪凌霜情
待到寒冬腊月近
我花再绽春枝声

写于 2024 年 2 月 17 日，
梅花被风吹落的早晨

游槐山矶驳岸信笔

（午休未眠。忽忆前几日游槐山矶驳岸所见达摩题诗石，据称此处即是达摩与梁武帝说禅各不相悦，行至江夏金口槐山，"一苇渡江"处。于是信笔记之——2024年3月21日，江夏老同学邦泉邀淑华铃子游国家重点文物保护区槐山矶驳岸。）

槐山矶前水悠悠
奔腾入海何时休
春去秋来潮涨落
千帆望尽空余愁
达摩说禅梁武帝
大乘小乘各自由
惊涛涌溅水花飞
提笔偈语石上留
峭石凌空拍天浪
槐山依旧凤烟稠
回首多少年前事
哪得工夫上船头
转身折取苇一枝
一苇渡过大江流

千山衔吞日月辉

留云亭前佳话悠

更有纤夫系绳岩

春风难解万岁忧

写于 2024 年 3 月 31 日

江夏乡村记游

从来不喜霓虹处
总学蜂蝶为花忙
孤身独探山乡走
聊饮清风饱饥肠
忽见林间幽幽路
欲往探之心惶惶
尤恐啸啸出恶犬
撕我弊履扯我裳
跨栏欲摄一潭水
却陷深深黄泥塘
莫如折身春梗去
闲坐村蹊拈花尝

写于 2024 年 4 月 3 日，江夏乡村田间匆笔

少年群春色

少年群里花成海
疑是春风亲手栽
谁家园中朱顶红
惹得蜂蝶去复来
月季犹伴凤凰舞
雀梅还借雪色开
幽幽小径花绕树
袅袅紫丁香扑怀
忽见碧波拥小岛
邈邈炊烟远尘埃
柳影池中千丝乱
苍鹭船头独徘徊
提篮欲采芳菲去
满屏春色任君摘

写于 2024 年 4 月 12 日

有节临夏

有节临夏，满城熙熙，
独喜清风，携犬近溪。
烟波待剪，杨柳可依。
绿荫摇伞，野蘑满蹊。
清风无语，鹭鸟叽叽。
岸芷芬芳，雾霭迷离。
闲翁垂钓，鱼戏莲隙。
榴花照影，蝶舞香枝，
倏尔有问，胡不归兮。

写于 2024 年 5 月 2 日，巡湖笔记

德天瀑布歌

　　去邕数百里，有瀑坠人间。轰然天河倾，万丈起云烟。飞珠岩溅玉，卷雪崖生寒。势劈群山断，力分两岸闲。层层叠流绪，脉脉九回环。汤汤一水中，有界各相安。竹筏载渔歌，峭礁垂钓竿。青峰拔地秀，绿水绕山潺。木瓜才挂树，芭蕉已串联。山花迎幽径，飞鸟怜人还。游者醉问松，吾是为神仙。淙淙泉为答，此瀑名德天。

写于 2024 年 5 月 8 日，于南宁

天书侠谷歌

蒙山萍踪追侠影，提笔为剑梁羽生。

天书侠谷峰回处，七剑天山凌未风。

小桥溪水蓑笠者，转眸无敌张丹枫。

莫道英雄无出处，唯此侠谷留美名。

群峰立，山鸟鸣，山花开处水潆潆。

玉皇天书人间匮，八部重叠向云逢。

诗未残，酒未冷，梦里拔剑问群峰，

俯仰古今千秋事，谁与笑谈月明中？

写于 2024 年 5 月 12 日，广西蒙山天书侠谷赏游后回程路上

戏和老树

老树：
对物可成画，
应心便为诗。
诗画千万件，
不及花一枝。

戏和老树：
榴花可入画，
山水堪为诗。
野菊万千朵，
问君要几枝？

写于 2024 年 5 月 27 日

珞珈四季歌

春

珞珈春深深似海
樱花如云又如雾
熙熙人潮如浪涌
樱花游客两相慕
遥见海上有仙山
山若花海系舟处
樱顶老斋朱漆窗
有枝探问春归路
幽幽山蹊美人来
倏然惊落花一树
落樱翩翩银蝶飞
醉倒游人已无数
忽然天籁乐音起
谁人吟诵《珞珈赋》
一词一句饮作酒
游人樱枝扶不住
踉跄出得凌波门
湖面又试凌波步

夏

浩浩淼淼东湖水
珞珈相依水之湄
青葱秀木入云天
映日繁花枕风醉
雍容净美白玉兰
半杯熏风约蝉会
艳艳凌霄启红唇
欲问青春谁为最
一池碧波漾鉴湖
盈盈明眸依山媚
悠悠野鹜戏莲间
啾啾飞鸟啄云碎
湖畔仙乐声声起
山中少年唱精粹
如雪山前栀子花
缠绵书香添韵味

秋

白云黄鹤影悠悠
烟波江边何必愁
珞珈秋来好颜色
赤橙黄绿墨色稠

翩翩银杏作蝶舞
飒飒枫叶随风悠
碧瓦琉璃长天色
随意云霞伴鹜游
忽然一阵秋风起
漫卷金蝶飞满楼
何来扑面桂子香
沁心入脾性温柔
偷得九月菊无色
惹得蜂蝶争风流
闲拈轻嗅一枝花
顿销千秋万古愁

冬

凌风冷雨雪蒙蒙
珈山一夜童话中
琼楼玉宇惊仙阁
冰魂雪魄叹香凝
玲珑剔透梅卧枝
叮叮簌簌叶有声
聊斋出逃火狐仙
长尾如焰燃雪红
左突右折梅爪疾

裂云扫絮媚眼横
幽幽山径玉铺就
皑皑珞珈雪妆成
学大汉兮武立国
正读倒念皆英雄
山水十里多姿色
春夏秋冬各不同
珞珈山四季美如画
画轴一展谁不惊

写于 2024 年 5 月 31 日

大暑既蒸

  大暑既蒸，在枝蝉鸣。于树之巅，嘤嘤其声。苍鹭于飞，其羽翔翔。涟兮漾兮，于屿钓翁。林有嘉宾，君子奔奔，跃跃欲飞，嗷嗷大鹏，乐莫乐兮，在彼之晨。

写于 2024 年 7 月 22 日

南歌子·掩卷长嗟叹

  掩卷长嗟叹，临江几欲歌。采得芳芷艾蒿多。屈子归兮，悲洗汨罗河。

  朝共灵均远，夕逐桂魄卓。守诗田半亩芰荷。看待君还时，香雾漫龙车。

写于 2024 年端午

一望桃花

（2024年6月24日，刘道玉"创造教育实践基地"在枣阳琚湾镇蔡阳中心小学（刘校长母校）举行揭牌仪式。会后，有关领导又带我们参观了万亩桃园。桃园很壮观，皇桃更香甜。回程路上，匆笔记事。）

真龙飞白水，刘秀故里行。

汉兴风化美，满城盛儒风。

蔡阳学堂好，道路玉铺成，^①

从来学大汉，武立国魂雄。^②

曾经三百里，一望桃花红。

嫣嫣复灼灼，落霞惭其形。

炎炎暑月至，累累硕果隆。

枝枝欲坠地，树树绕蝶蜂。

桃中傲世者，皇桃最怡情。

色为皇袍色，形为心字形。

甘甜口垂蜜，芬芳酒溢盅。

---

① 喻道玉。

② 喻国立武汉大学。

一入皇桃园，万世醉红尘。

采得一筐去，念念须半生。

来年樱开时，正是桃花红。

路石铺大道，与君约春风。①

写于 2024 年 6 月 24 日，枣阳回汉途中

---

① 道玉笔名路石。"路石书屋"亦循其名。

题图·荷

（宁弃尘俗三千念，不舍眼前一溪花。）

谁送碧水一溪风，
柔波清散半池红。
无意蜻蜓戏露早，
有心蝶翼闹香浓。

写于 2024 年 6 月 25 日

山青青

　　山青青，水悠悠，有翁垂钓早溪头。香饵一杆向萍絮，无奈白云不上钩。

写于 2024 年 7 月 9 日

此岸

夕傍云归去
朝拾暮落花
苇河凭自渡
此岸无船家

写于 2024 年 7 月 15 日

附录
随笔 5 篇

沙枣花儿香

几十年来，也算走过了不少地方，见到过形形色色柔柔媚媚的花儿，闻到过浓浓淡淡清清浅浅的花香。最忘不了的，还是新疆哈密的沙枣花儿香。

那时与父母哥哥都住在农五师（现在改为 13 师）青年农场的养鸡场，鸡场的周边，种着一圈儿的沙枣树。

沙枣树平时看起来没什么特别的，尤其冬天来临时，沙枣树与白杨树一样，纷纷扬扬凋落了满地黄叶，厚厚的一层，风一吹漫天飞舞。而光秃秃如铁般坚硬的枝干，就那么如同一个个壮汉向天空秀肌肉般裸着，裸聊着自己的健美与无羁。

到了春天，可就不一样了。沙枣树吐出一片片新叶，叶儿细细长长，浓浓密密。又过不久，到了最迷人的 5 月，浓浓密密的叶间，便会开出一朵朵小小喇叭形的小黄花儿来。它的花形，特别地像内地的桂花，黄黄的，灿灿的，一簇簇的绽放着满树的芳华。

其实，它的这种花形在花的世界里，不过是太一般太不显眼了。既无梅兰菊竹的清雅，更无牡丹的富贵，荷花的孤傲高洁。它只如在那片旷野上，在那浓浓密密的枝叶中，小心翼翼地盛开着的一个羞涩的童话。

羞涩！它的羞涩，一直传输给了它的果实——沙枣。不信？你采一颗沙枣尝尝？嘿嘿，你瞬间就会以为自己误吃了一口甜甜的沙子！甜么？微甜，涩么？好涩！满口甜而涩的沙，吐，吐不尽，咽，难咽下。这就是沙枣。

哦哦！还是说它的花香吧！如果你说世上万物，只有美酒能够醉人，可能新疆人，哈密人会说呵呵！那是你没闻到过哈密的沙枣花香。你没有被花香偷袭过！假如你在 5 月的哪天闲来，逛到哈密，来到沙枣树下，被浓郁的沙枣花香灌醉那么一回，醉得你头晕目眩，如入仙境，想逃，逃出五六里仍然被花香袭倒，想喊，居然喊出的声音里都飘满了沙枣花香味——那时，你就不会说只有美酒才能醉人了。

我是闻着沙枣花香长大的。开始几年，很是害怕五月的到来，因为浓郁的沙枣花香常常熏得我头晕，我把它叫醉花症。那香味太浓烈了，如同云间飘来的美酒，一闻即醉。有时太晕了，想躲远点清静一下，可是，沙枣花香在空旷的地方，经风一吹，十里八里都躲不开它的香魂飘荡。妈妈为了让我适应沙枣花香，常常领我在沙枣树下席地而坐，然后，用沙枣树枝在地上画一个棋盘，再摆上几个折短的小树棍，就与我下起棋来。那棋我已忘了叫什么棋了，规则好像是谁把对方的棍子围着走不动了，谁就赢了。应该是妈妈从小就下的一种农村娃娃野外玩的棋吧？总之，一玩起棋来，果然就好多了，把花香忘到九霄云外去了。再后来，习惯了，不晕了。沙枣花儿香成了我生活中的醉美享受，如同戈壁滩的唐宋诗词，令人沉醉，离不开它了。

　　来到江城后，每到桂花开时，总会想到新疆的沙枣花。然而，桂香毕竟不是沙枣花香，它清幽而恬淡，它的魂系着的是中秋的月光，而沙枣花，系着的却是我的童年和故乡。

写于 2023 年 9 月 30 日

生命如花

其实年轻时的我，并不怎么爱花。

工作繁忙啊！有那么多的书稿要看要改，有那么多的作者要联系交流，有那么多的奇思幻想要把它变成文字，有那么多的地方哦哦哦……要去要玩——哪有时间爱花！

那时，每每看到已80多岁的母亲忙里忙外之余，还余兴未减地去窗前侍弄她的"花儿"，就不免觉得好笑："您都这么老了，有空还是歇歇吧，弄什么花呀！"

母亲极不甘心地大声地回我："你说啥呀？我才80多就说我老了？"于是又埋头弄花。

哦哦！也许有花开母亲就不觉老吧？那就由她吧！

其实母亲种的是啥花，我一直不知道，因为母亲种的那几棵小小的草，好像一直就没开过花！也许是哪个老太送她的，也许是她在路边挖的，总之，母亲认准了它是花，就一直养育着它。

一直到母亲96岁，她养的花儿好像只有一种开过一两朵如指甲盖般大小的红花。

我爱花，也是从母亲96岁时才开始的。

母亲一直都在照顾我和我这个家庭。买菜做饭带孩子。不停不闲，直到96岁。我一直在享着母亲的福，直到她96岁。我不曾想过给母亲以回报，更未曾想过为母亲买盆漂亮的花。直到她96岁！

96岁后，从来精气神十足的母亲突然病了。住院回来，她窗台上养着的仅剩的一盆"花儿"，也枯萎了。

突然之间，我感觉这辈子我欠母亲太多太多太多了！尤其，我欠母亲一盆花儿！

于是，急急从花市买来两盆盛开的花儿，一盆红红的海棠，一盆粉色的海棠。我端到母亲的病床前："娘，你看，花儿！"

母亲笑了。微微的一笑，然后孩子般地看着我，那目光里是深深的满足，就像一个刚得到一块牛奶糖的三岁孩儿。

海棠花在窗上盛开着。母亲躺在床上，望着窗外，望着海棠，孩童般微笑着。

一年，两年。一盆粉色的已经枯萎了，只剩红色的一盆了。

母亲 98 岁了。

2016 年 7 月的一天早晨，突然发现那盆红海棠也枯萎了。我的心里一阵凄凉……

没几天，进入 99 周岁，虚岁一百的母亲，也追随着那美丽的海棠，驾鹤西游。

母亲的一生如花般绚烂，她的离去也如花开花谢般静美。

生命如花。

从此，我爱花。深入骨髓

写于 2023 年，怀念母亲的夜晚

362

飞奔的骆驼刺

戈壁滩有一种草，几十年来，总忘不了它飞奔的模样。有时在梦里，它朝我翻滚着扑来；有时孤坐湖岸瞑想时，它从鸡场前的沙滩上，飞腾而去，而我，再也追不上它了。

初识骆驼刺，我还只有五六岁。那时与爸爸妈妈哥哥住在新疆哈密兵团的养鸡场，鸡场后面是苹果园和天山，左边和右边都是葡萄园和沙枣树，唯独前面，是通往连队队部的一条小路，小路如蛇一样，从这片戈壁滩上延伸而去。而骆驼刺，就成堆成堆地生长在这片戈壁上。

那是春天，看到这一蓬蓬像一个个大圆球形状的怪草，很是新奇。它的茎张牙舞爪，联盟成一个大大的球形网，它的叶片很小很小，就像小指甲盖那么大，绿绿的，娇小而玲珑，就生长在这个圆网之中。最有趣的，是它的刺，如一根根锋利的缝衣针，密密麻麻横七竖八地分布在球形网里。

实际上，骆驼刺，就是一个圆圆的比篮球大几倍的大刺球。

春天新长出来的刺是柔软的，小心地用手捏它，可以将它折弯。但必须小心翼翼才行，否则，扎你没商量。

到了冬天，那可是骆驼刺大展身手的季节了。全身的翠色已变枯黄，柔弱的叶片早已不知与哪阵寒风私奔了，唯留下一根根比针还锋利的刺，与那圆圆的茎网抱成一个团体，尖利而孤傲。它身体已变得十分轻盈，它的根已脆弱无比，一阵风，就能将它连根拔起，然后，飞腾。它一蓬蓬，与黄沙为伴，与狂风呼应，犹如一个个轻舞的精灵。

那时，虽然兵团战士已种下很多防风林带，但时而还是有狂风大作，黄沙漫天的时候。

记得有一天，我正躲在门缝后观看飞沙漫天的奇景，突然就发现，黄沙中，一蓬蓬的骆驼刺飞舞其中！它们时而腾空旋舞，时而落地奔腾，犹如一个个风中的舞者，在黄沙漫天中演绎着大自然的顽劣与神勇。

此后每到冬季，这样的场景就会重现，而我，就是门缝后那个最忠实的观众。再后来，已不满足于当观众了，往往避开母亲，偷偷钻入风中，去追逐那一蓬蓬飞奔的骆驼刺。可是，骆驼刺太过顽皮，眼见它落地了，正要扑过去擒获它，它却像故意捉弄我，在地上颠几颠，便翻滚而去，留下被风沙打得睁不开眼的我，呆立风中。

　　现在，往日的戈壁早已高楼林立绿树成荫，骆驼刺不知道还有么？即使有，它，还飞得起来么？

写于 2023 年冬日

何处寄乡愁

别人的乡愁多生于秋风萧瑟的季节，而我的，却生于紫薇花开的夏天。

很久以前的某个夏天，河南一个小乡村。

妈妈说，我快生了，三勤你快去弄些沙来！

父亲三勤急忙拿个箩筐，从村边弄来一大筐干净的沙子，铺在屋里地上。于是，我降生了。一到人世，父亲就双手捧着我，放在沙土上让我打了三个滚。

黄沙黄河黄土地，是第一个接纳我的地方。父亲的双手，母亲的怀抱，是我第一眼看见的家乡。

这个哭声响亮，头发乌黑的小妞，给她起个啥名哩？母亲想了想说，这妞儿哭声这么响亮，像个银铃一样的，就叫她铃铃吧！

"铃铃，铃子！自此，就是黄河边那个小妞，我的名字。

5岁时，父母带着我与哥哥，到了新疆生产建设兵团农五师（现为13师）哈密管理处，7岁到红星学校上学时报名时，怎么铃铛的铃被写成了玲珑的玲，我糊里糊涂一直也没弄明白。

新疆哈密，少年成长，青春飞扬，多少欢乐挂在葡萄架下，挂在沙枣花香里，挂在天山雪峰上。是我记忆里最美的故乡。

来到珞珈山，一晃50年。走遍了山间每一条石板路，阅尽了春夏秋冬每一棵树与花。花开花谢，日升日落，珞珈山包容了我所有的任性与不羁，成全了我每一个春花灿烂的日子。说吾心安处是吾乡，然珞珈毕竟是我日日相守的地方，每一天的太阳都是新的，每一朵花开都是鲜的，与"故"字无缘。

1979年，双手把我捧到世上的父亲走了。是退休后回到老家的那个夏天。父亲把我接到人世，我却束手无策，眼睁睁看着父亲远离了人间。那是个开满花儿的夏天。

2009年，从小谦让我，伴我一路前行的哥哥，积劳成疾，也不辞而别。

哥哥的突然离去让我悲伤欲绝。

2016年，一生辛劳，爱我如命的近百岁的母亲，也舍下我，远行了。也是在紫薇花开的夏天。

父亲的双手，母亲的怀抱，哥哥的笑声，都离我远去了。

从此，我的身边再无原生家庭的至亲故人，只有那时隐时现，如夏日紫薇花间光影的思乡情绪，时而斑驳陆离，时而四顾迷茫。

河南的故乡只剩一小片杂草丛生的故土。昔日黄沙今在否？今人不敢问青天。

哈密的故乡只剩下遥远的思念，和隐约传来的儿时好友的说笑声。旧屋旧地寻无影，相思缕缕系无绳。

故乡，遥远迷茫，故人，鹤翔远方。

又到了紫薇花开的日子。

今生，隐约北斗星光下，可有故乡堪回首？紫薇花开百日里，何处故人能挽留？

写于2022年6月13日，紫薇花开的季节

游广州白云山小记

2021国庆假期，得闲独游广州白云山。

入得南门不久，便见一山中木栈，蜿蜒于林木深深处。

登栈道，凭栏俯首，满目奇树参天蔽日，昂首远眺，时有缆车穿梭云中。一路沿栈道走去，已然来到"白云深处"。

此处林木葱郁，溪流淙淙。奇花异草点缀山涧，叟妪顽童嬉戏泉中。方知此涧名"蒲涧"，此溪为"濂泉"。

一时兴起，请一老者为拍照留念后，便循濂泉溪、沿石径缓缓而上。

忽于溪流婉转处，赫然惊现"东坡引水"雕像，其左手竹管，右手斗笠，仙气飘飘，立于溪涧树阴下，栩栩如生。

原来东坡曾被贬岭南，曾游历于白云山蒲涧濂泉。时岭南多有瘟疫发生，百姓苦不堪言。东坡认为系饮水不洁之故，便建议引蒲涧濂泉水入城，解万千百姓于危难之中。从此，岭南百姓饮上了洁净的濂泉水，再无瘟疫横行。

攀行至此，已觉体力不支，又勉力向上爬行，准备寻一大道返回。（据称白云山山高路远，欲游遍白云山，须四五个时辰方可。听此言，内心早已发怵，于是打算中途返回，留点遗憾，待下次弥补。）

未料攀至大道，忽然见一古色古香寺院，隐约路旁林中。不觉兴致又起，随游人入得能仁古寺。但见鱼戏浅水，花开满路，香烟缭绕，钟声隐隐，竟入"无尘境界"！

始于蒲涧濂泉，一路清泉涤荡我足我心，止于"无尘境界"，此行夫复何求！

广州白云山，山清水秀，灵动含蓄，蓝天白云悠悠其上，名人典故隐约其中，国庆游此岭南名山，足矣足矣！

写于2021年10月2日

后　　记

　　我一直认为，生命是红尘开出的鲜花，而诗歌就是花开的声音。生命应该花开有声。

　　《待我山花插满头》是我的第二本诗集。应该也是近几年来，我灵魂的第二场花开。

　　第一场是《木槿花儿开》。2023年由长江文艺出版社出版后，出乎我意料的是，得到了文学界诸多专家学者的美评与支持鼓励，国内有关媒体的报道。也得到了众多读者的喜爱与关注。这让我备受鼓舞与感动。

　　最孤独的时刻是我最繁华的时刻。

　　感恩上天给了我一个充满了爱与自由的灵魂。这灵魂常常是孤傲与悲悯的。它让我沉醉在诗意的世界里，不能自拔。

　　我总认为，我心中满满的爱既是上天给我的，更是妈妈给的。妈妈活到99岁走了，但是她把爱留给了我。这些爱太多太多，溢满了我的灵魂。

　　人生给了我们太多的体验，生死苦乐，爱恨善恶，真假美丑……还有那么多的似是而非，真假难辨，拿起放下，迷蒙困惑；那么多的彻夜难眠，愁肠百结，喜不自胜，若痴若狂；那么多的欲说还休，欲去还留，仰天长啸，马蹄生香……我爱这缤纷多彩的人生。

　　而大自然的雷鸣电闪，细雨微风，日升月落，山溪淙淙。花香鸟语，春夏秋冬，与我的灵魂遥相呼应。我爱这灵动生香的大自然。

　　珞珈山纷飞的樱花，妖媚的小狐仙，琅琅的读书声，她的美入我的眼，更入了我的心。河南家乡奔腾的黄河，父母说给我的一个个动人心魄的故事，如同一棵棵村口的老槐树，扎根在我的心田。

　　20余里汤逊湖的绿道上经常空无一人。独自走在这前无古人后无来者的路上，我的内心繁花似锦。荡漾的湖水，翻飞的鸥鹭，小池的荷花，一路的野菊，秋日的红叶，冬日的梅香……无一不在与我同呼吸，共喜乐。

2023年9月，与诗友赴新疆旅游。新疆哈密本就是我的故乡，我知道哈密的沙枣花很香很香，哈密瓜很甜很甜，大漠的落日与孤烟都很壮观，但从来没有如此深度游过。伊犁的美太令人震撼。大西洋的最后一滴眼泪（赛里木湖），3700米的独库雪山，夏塔冰川的秋色，九个太阳的巴音布鲁克，如诗如画的百里画廊，如入天宫的天马浴河，天山阿尤赛的奔马，在公路上大摇大摆堵路的牛马羊，空中草原美丽的那拉提……无一不惊艳并洗涤着我们的灵魂。在疆15天我写了30首诗，依然意犹未尽。

我的脚步行走在山水之间，也行走在大自然与我共同铺就的，山花遍野的诗意里。

诗是诗人赤裸裸灵魂的呈现。我也认为，我是在用灵魂写诗。我的诗就是我自己。

在这本《待我山花插满头》付梓出版之际，特别想要表达感谢的是：

著名作家、诗人，全国政协常委、中国作协副主席、书记处书记邱华栋先生，在百忙之中，仍挤出其宝贵的时间为拙作《待我山花插满头》悉心作序，对本人的诗作进行了精心独到的分析评论，本人非常感激。这是对我的诗歌生涯给予的最大鼓励支持与肯定，对我今后的创作也指明了方向。我定会不负所望，看我山花插满头，一直行走在我所追寻的诗意的光亮里。

武汉大学的李威（李总），一直关注着我的这本诗集的出版，经常追问出版进度。李总又是一个工作之余如此执着地热爱文学热爱诗歌的人，他对我诗集的热心关注，鼎力支持，令我由衷的感动。

武汉大学出版社对我的这本《待我山花插满头》的出版面世给予了全力的支持。破天荒地为本诗集的出版开通了绿色通道。出版社的领导编辑们为把这本诗集出好，出漂亮，付出了很多心血。永志不忘。

我的读者朋友有很多向我提及了读我诗歌的感受，认为我的诗充满真善美的内涵，纯净光明，打动人心。他们还把我的诗推荐给自家孩子读。

《广州日报》《羊城晚报》在第一时间刊登了我新写的两首小诗，很感谢。还有广州黄埔的严亦斌严总，一直对我的诗歌创作给予关注与支持，很令我感动。

　　《知音》杂志主编发现《百年珞珈》我的一首爱情诗，主动约刊于 2024 年 8 月上扉页。

　　贵州黔西南州委、黔西南州青少年活动中心联合"小桔灯"组织的"领略荆楚文化，探寻前沿科技，筑梦百年名校"活动中，将我与山区孩子在武汉大学聊儿童文学创作、签名赠书活动，列为重要项目之一，在此，谢谢你们的信任与喜欢！读者喜欢就是我创作的很大驱动力。

　　还有很多很多的朋友与读者，都在第一时间对我的诗歌写作给予了肯定与鼓励，就不一一列举了。真心谢谢你们的喜欢。

　　还是要专门感谢一下我的家人，给我的创作提供了全力支持。

　　致谢！

2024 年 8 月 21 日于珞珈山寓所

铃子2023年9月在新疆伊犁

铃子2023年9月在哈密大海道

2023年9月，铃子于赴巴音布
鲁克途中，在独库雪山留影

铃子2023年9月在新疆伊犁

2024年5月，铃子在广西六堡茶乡

2024年3月，铃子在珞珈山樱花树下

2023年9月，铃子在新疆哈密巴里坤鸣沙山与发小在一起

2025年1月，铃子在湖北乡村徒步

2023年4月，铃子与校友在河南云台山茱萸峰

2024年9月，铃子与校友在宁夏

铃子旧照。1993年在河南焦作与母亲哥嫂留影

2024年10月，铃子在武汉大学